人生を変えたコント

せいや
（霜降《しもふ》り明星《みょうじょう》）

contents

contents

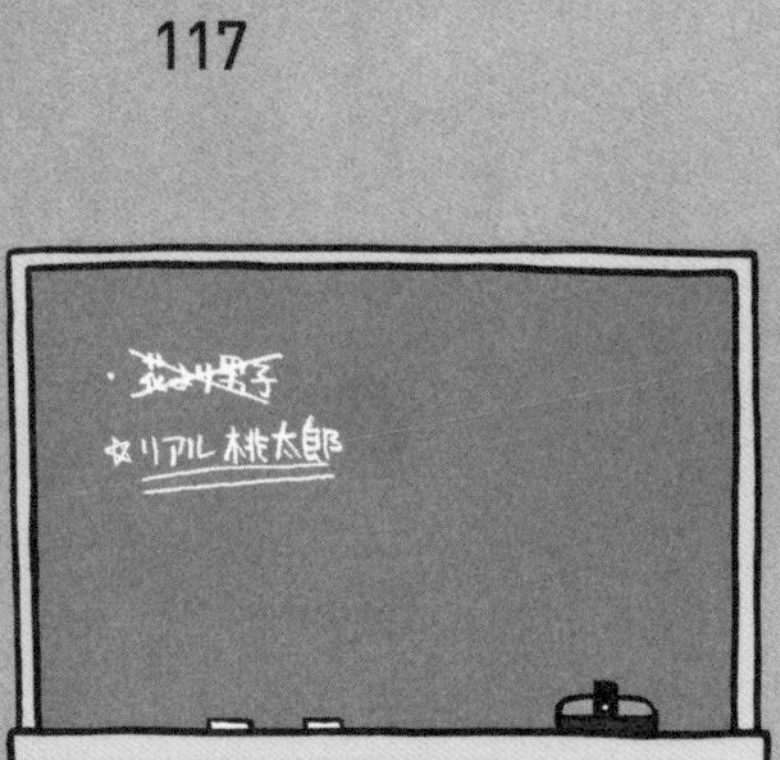

［第1話］

いじめは、急に始まる。

ほとんどの人は「自分はいじめと無縁《むえん》だ」と思っている。この話に出てくる大阪《おおさか》市立《いちりつ》ホシノ高校1年生のイシカワもそう思っていたひとりだ。

〝自分がいじめられるわけがない〟

たいていの人は自分のことをそう思っている。実際、このイシカワという背が低くて目がクリっとした少年も、高校1年の新学期まではそう思い込んでいた。

振り返れば小学校と中学校時代、友達は人並《ひとな》みにいたし、比較的性格も明るかったし、お笑いが大好きな少年だった。大阪で生まれ育った子どもだったからか、目立つことが好きで、お笑い番組は必ず録画。そしてもっとも面白い漫才師《まんざいし》が決まる大会『M《エム》-1《ワン》グランプリ』や、特にお気に入りのネタなどは台本に書き起こして真似《まね》をした。それを団地《だんち》に住んでいる友達などに披露《ひろう》するほどの熱の入れようだった。

だから、これまでの歩《あゆ》みと同じように、高校に進学した新学期でもすぐに友達ができると思っていた。

そしてイシカワは新しい4月を迎えた。高校1年の新学期というのは、一見《いっけん》すごく華《はな》やかに見えて、実はとても不安定な時期でもある。まるで鍛冶《かじ》の刀《かたな》づくりのように、熱を加えればどんな形にでもなってしまう未完成の空気だ。特に最初が大切で、クラスメイトたちに自分のことをどう知ってもらうか――慎重《しんちょう》にいかないと3年間、この新学期の出だしの印象で卒業までいってしまう可能性があるからだ。いわば一種《いっしゅ》の友達づくりのオーディションみたいなことが行《おこな》われている。

たとえばこの新学期に、たまたま顔に鼻クソがついていたら、もうあだ名は「ハナクソ」で確定。教室でうんこを漏《も》らせば、例外なく「うんこマン」もしくは「うんこくん」など、うんこを軸《じく》にしたあだ名を構成され続けることになる。

だからこの新学期というのは、とても大事な時期であり、チャンスでもあるが、ピンチでもある。学生時代は常にそのような可能性と危《あや》うさを秘《ひ》めている。学生時代というのは忘れてしまった大人にはわからない世界かもしれないが、高校1年の新学期というのは全員が少しずつ警戒《けいかい》しながらガードを固めて椅子《いす》に座っているのだ。

それはイシカワも同じだった。初日は慎重に、目立たないようにして普通に過ごそうと思っていた。しかし、その初日に小規模《しょうきぼ》ではあるが、男子グループ、女子グループがぼんやりと形成されつつある雰囲気《ふんいき》が早くも出ていた。

「マズい。自分もみんなのこの輪のなかに入らないと取り残される」

イシカワはそんな焦燥感《しょうそうかん》にかられていた。ここで乗り遅れるとクラスの一軍グループに入れない気がするからだ。冷静に考えれば、一軍だから偉いなんてことは別にないのに、思春期《ししゅんき》は非常に小さなカーストを気にしてしまう。

実はイシカワは友達を作るということを意識したことがなかった。幼少期《ようしょうき》から小中学校時代には、気がつけば周《まわ》りに幼なじみがたくさんいたからだ。しかし各地域から受験を経て集まる高校からはその環境下《かんきょうか》ではない。まさにゼロからの友達作りが始まる。これまでと勝手が違うから、どうやればいいのかわからない。

高校の新学期でもすぐに友達ができる——そんな余裕はいつのまにか消えてしまい、人生で感じたことのない、急に社会に出されたような、そんな不安に包《つつ》まれた。

イシカワは団地育ちで、下に妹が2人いて、1人はおとなしい2つ下の妹。そしてもう1人は6歳離れているむじゃきな小学生の妹。父親は愛媛《えひめ》県生まれで寡黙《かもく》な性格だが、大阪府生まれの母親は典型的な関西ノリで明るく、よくしゃべり、よく笑うタイプ。そんな母親に引っ張られ、比較的に明るい家庭で育った。

そんなイシカワは身長が低い。そして、名前も「い」から始まるので、背の順でも、出席名簿のあいうえお順でも、どちらの並び方でも前の列に来てしまう。これはクラスや、団体の謎の原則なのだが、こういうときはなぜか後ろの席のほうが盛り上がる。先生から遠いという、リラックスした状況も手伝っているのだろう。このように、小中高を問わず、クラスでは後ろのほうが話しやすいという傾向《けいこう》があるが、ホシノ高校も例に漏れず、イシカワにとって最初のクラスとなった8組もそうだった。

ホシノ高校は1学年に8組もある。少子高齢化《しょうしこうれいか》がささやかれはじめた昨今《さっこん》において、なかなか生徒数が多いマンモス校だ。そんな賑《にぎ》やかなこの高校生活で、イシカワはまさか自分がいじめにあってしまうなんて、想像もしていなかった。

お笑いが好きという理由だけではない。中学時代はサッカー部に所属し、生徒会長まで務めた。周りにはいつも自然と人が集まっていたからだ。そんなイシカワなのに、クラスメイトに話しかける術《すべ》すらなく、どんどん時間だけが経《た》っていく。そんなイシカワをせせら笑うように、周りはどんどんグループを形成していく。

お笑いが大好き。そんな事実をみんなに知ってもらいたい。小学校のときから漫才に惹《ひ》かれ、自分でネタを作ったり、分析したりまでしていた。でも、自分のアピールポイントを急に言うのは逆にサムいし、恥ずかしい。

そんな思いがずっと頭のなかでグルグルするだけで、思いついては消しての繰り返しで、気づけば3日4日と経ってしまっていた。

そんなある日、クラスの休憩《きゅうけい》時間に初めてぐらいの盛り上がりがあった。これはいったい何事かと離れたところから見ていると、どうやらできて間《ま》もない男女グループが〝ゴミ箱シュート〟をして楽しんでいるようだ。ゴミ箱から離れてペットボトルを投げて、上手《うま》く入れば盛り上がるというすごく単純なゲームだが、グループを作れたことに安心してか、異様《いよう》な盛り上がりを見せていた。「俺たち私たち、早くもこのクラスの『一軍』です」みたいな顔にさえ見えた。

「このグループに入らないと……」

盛り上がる景色を目《ま》の当《あ》たりにして、イシカワは焦《あせ》ってしまった。なんとかこのグループに入れるようにみんなの気を引きたい。

そんなとき、ひとりの女子が「どうやったら上手くペットボトルをゴミ箱に投げられるんだろうね?」とみんなに尋《たず》ねていた。ここでイシカワは人気漫画『スラムダンク』の主人公・桜木花道《さくらぎはなみち》のあるセリフを思い浮かべた。

「あれ、このタイミングでこのセリフで入っていったら、みんな笑ってくれるんじゃないか?」

いきなり飛ばしすぎかもしれないが、「よし、行ってみよう!」とイシカワは意を決してそのグループに近づき、ペットボトルをバスケットボールに見立てて、「左手はそえるだけ」と『スラムダンク』の作中のモノマネをかまし、笑いを誘おうとした。

しかしそのネタを披露《ひろう》した結果、とんでもない空気になった。泣きたくなるくらい

の冷たい静寂《せいじゃく》が教室に流れ、イシカワにとっては1秒が10分に感じてしまう、それぐらい凍《い》てついた雰囲気になってしまった。

「やってしまった」。そう思ったときには遅かった。あれだけヘマをしないように、一歩目を慎重に考えていたのに、いきなり大きく踏《ふ》み外《はず》してしまった。

悪気《わるぎ》はないが、子どもたちは時《とき》に残酷《ざんこく》だ。そんな数秒の出来事で、みんなからの視線が豹変《ひょうへん》した気がした。

次の日には、コソコソと自分が笑われている気がした。性格的に笑ってもらうことはずっと好きだったが、こういう嘲笑《ちょうしょう》的な辱《はずかし》めを受けるのは人生で初めてだったので、顔が思わず引きつってしまった。今度はそれが気になってしまい、周りと話したくなくなる。

「違う。こんなに暗くない。俺はみんなが思っているような、つまらない人間でも、とっつきにくい人間でもないんだ」

もちろんそんな心の叫びは誰にも届かない。白いカッターシャツに染《し》みついたカレーのように、15歳の彼ら彼女らのまっさらな心にこびりついた〝変な人〟という印象は、何度洗っても取れなくなってしまった。学校という場所におけるいじめは、こんな些細《ささい》なことで始まるのだ。

しかもいじめは複雑《ふくざつ》で、誰もがうっすら気づいている「なんとなくの空気」、これこそがいじめの正体だ。この空気こそが子どもたちをいじめへと突き動かす正体である。そして、ついに物理的な行動に導《みちび》いてしまう出来事が起きた。

ある日、登校して教室に入ると、イシカワの机がひっくり返っていたのだ。

実行犯が後ろで笑いをかみ殺しながらこっちを楽しそうに見ている男子4、5人のグループであることはすぐにわかった。もちろん偶然《ぐうぜん》でも偶発《ぐうはつ》でもなく、この行為《こうい》はイシカワに向けてわざと仕掛《しか》けられている。イシカワがひっくり返った机を持ち上げて戻すと、そのグループはフッと鼻で笑っていた。くだらなさすぎてそのときはなんとも思わなかったが、次の日もその次の日も、机が逆になっていた。それを戻してから、椅子に座る。

想像してほしい。地味ないじめだが、周りの女子や男子たちも、それを黙認《もくにん》しているわけで、その空気がキツい。やられていること自体はたいしたことはないが、クラス全体がそれを見て見ぬふりをして、黙認《もくにん》していることがショックであり、とても恥ずかしい思いへとつながる。みんなが共犯者になり得《う》るのだ。主犯格と思われるその4、5人の男子グループの顔に目をやると、その顔は満足げにも見えた。

そうか、あいつらは俺をいじめることで、「自分たちは一軍から外《はず》れていない」という感覚を確認しているんだ、ということを理解した。机をひっくり返すという子どもじみた行動も、仲間意識を深めるためにゲームをしている感覚に近いのだろう。

その日の夜、イシカワは自宅で今後について少し考えたが、性格的に「学校に行かない」という結論にはまったく至《いた》らなかった。ちゃんと毎日学校に行きたい——。何より母親や家族に心配されたくないし、言い出せない。

それからもちゃんと毎日、学校に行った。

それでも机は毎日ひっくり返っていた。悲しい光景だった。

〔第2話〕

休み時間、ひとりでどう過ごすか問題

この日も机は逆になっていた。

よく飽きないなと感心するぐらいだった。おそらくクラスのなかには心を痛めている生徒もいてくれるのだろう。しかし自分がヒーローになってまで、いじめを止《と》めようとすることにはメリットがない。むしろリスクしかないので飛び込めない。ましてやイシカワがどういう人間かまだわかっていない状況で、こんなことが起こっているので誰も止められない。みんなが金縛《かなしば》りにあったような空気だった。しかしイシカワ自身はへこたれない精神力をまだ持っていたし、冷静さもまだ保《たも》っていた。

「いつか終わるだろう。自分で机を戻せば授業を受けられる。なんてことない」

そう思っていたが、ぼっち（＊ひとりぼっち）になってしまったイシカワには避《さ》けることができない事態《じたい》が発生した。そう、「休み時間をどう過ごすか」という問題だ。イシカワにとっては初めての経験となるが、浮いてしまった状態で、休み時間にひとりで教室にいるのはつらい。他人の視線が非常に気になるのだ。だから机につっぷして寝てしまおうとしたのだが、それはこんな状況を甘んじて受け入れてしまう証《あかし》なわけで、3年間このまま孤立《こりつ》してしまうという恐怖《きょうふ》が頭をよぎる。

そんな悩めるイシカワには、実は休み時間に自由に行《い》き来《き》したい場所が密《ひそ》かにあった。それは〝廊下《ろうか》〟だ。でも、このときのイシカワにとっての廊下は、あまりにも華やかで眩《まぶ》しすぎる場所だったのだ。

本当は教室を飛び出して、〝高校の都《みやこ》〟である廊下に出かけたい。高校の休み時間、廊下は花形《はながた》で、田舎《いなか》から都会に出かけるようなものだ。とにかく華やかで騒《さわ》がしい。中学生の頃には走ったら怒られる単なるコンクリートの通路だったが、高校に進学し、早々にクラスで浮いてしまった〝ぼっち〟の自分には、とても通えないキラキラした場所に見えてしまう。すでにこの時期に違う教室にまで出かけているツワモノも何人か存在するが、イシカワからしたらそいつらはもはやバックパッカーだ。そう、この時期に違う教室に行ける＝海外旅行なのだ。

ゆえに、教室からは出られない。じゃあ、本を読むか、窓の外をずっと見るか。もしホシノ高校が静岡《しずおか》県の富士市《ふじし》にあって、窓から富士山《ふじさん》を見られるのなら、365日、ノートにデッサンなんかをして楽しめただろう。

でも、ここから見える実際の景色《けしき》は、校庭《こうてい》を巡回《じゅんかい》する警備員《けいびいん》さんが謎《なぞ》の笑《え》みを浮《う》かべながら、しきりに屈伸《くっしん》をしている……そんな景色だけだった。

「とにかく廊下に出てみたい」

廊下ではもうすでに形成されていたある男子グループが、一発《いっぱつ》ギャグを披露《ひろう》しあっていた。幼少期から漫才や新喜劇《しんきげき》に触れる機会が多い大阪の子どもたちは、テレビ番組の影響を受けやすいので、こういう遊びを高校ぐらいから始め出す。

一発ギャグがウケると盛り上がり、スベるとみんなから肩にパンチを受ける。そういう身体《からだ》を張ったゲームをしていた。あまり見かけることのないゲームのようだが、このクラスの廊下では流行《はや》っていた。お笑い好きのイシカワにとっては、「ここに入っていけば状況が変わるかもしれない」と大きなチャンスに見えた。

このゲームがいじめ脱出《だっしゅつ》の突破口《とっぱこう》になるかもしれない。

その晩、家でノートを開いて、一発ギャグを作りはじめた。大阪育ちのイシカワも

［第2話］

休み時間、ひとりでどう過ごすか問題

例に漏れずお笑いが好きで、中学のときは、テレビのギャグをノートにまとめたり分析《ぶんせき》したりする、いわゆる〝お笑いオタク〟でもあった。なので、あのゲームはどちらかといえばチャンスなのである。

新学期早々、机にかじりつく息子を見て、親は勉強に励《はげ》んでいると思っただろうが、実際のところは、イシカワは己《おのれ》の高校生活をかけてギャグを作っていたのだ。なんなら今後の人生までもが変わる気がして必死だった。

そしてなんとか朝の4時に出来上《できあ》がったのが、〝ターザンギャグ〟だった。このギャグはターザンのように「あ〜ああ〜〜!」とまずツルにぶらさがるような動きをして、そのまま「あ〜ああ〜〜、ああ〜〜〜川の流れのように〜♬」と続けて、美空《みそら》ひばりの『川の流れのように』を揺《ゆ》れながら歌うというギャグだ。

さすがに中学3年ぐらいになってからは、頭のなかで考えるだけで、人前《ひとまえ》でお笑いを披露《ひろう》するタイプではなくなっていたのだが、もはやそんなことは言っていられない。これからの学校生活がかかっているので、恥ずかしいがこのギャグをやるしかない。

明日、このギャグが決まれば……！

スラムダンクのミスも帳消しになるし、「こいつ、仲間にしたほうがいいかも」と思ってもらえるかもしれない。

そして次の日、学生生活を左右する大勝負《おおしょうぶ》の時間が来た。いつものように一発ギャグのゲームが廊下で始まる。しかしイシカワはすぐにはその輪《わ》には入らない。何人かやったあとのほうが、空気があったまっているからだ。ふだんはイシカワをいじめているヤツらが、今日ははからずもイシカワのために前説《まえせつ》をしているわけだ。準備は整った。そしてタイミングをみはからいグループの近くに飛び込んだ。

すると一瞬、空気が止まったが、リーダー格の黒川《くろかわ》という男子は「変人《へんじん》くんのギャグを見ようぜ、みんな」とハードルを上げてきた。

「よし、来た！」

困った顔をして「やってみる」と口では言ったが、内心では「やっと中学のときのような、明るい自分を少し出せる。俺にはターザンギャグがある。こいつらは俺が昨夜、ギャグをあっためていたことを知らない」と思っていた。

そして力を振り絞《しぼ》り起死回生《きしかいせい》の一発ギャグをやった——しかしその結果、まさかの静寂《せいじゃく》に包まれた。ただ、それは至極《しごく》当然で、全員、「イシカワで笑おう」なんていう気はいっさいなかったのだ。

「じゃあ、スベッたから罰ゲームな」と言われると、イシカワは肩を順番に思いっきり殴られた。人生で初めて受ける暴力で、つい顔が泣きそうになった。しかし無理やり引きつった笑顔を作った。ここで笑ったら仲間っぽくなれるかもしれない。一連のやりとりを周りのみんなは遊びと捉《とら》えて、「イシカワは面白いんだ」と冷たい視線が尊敬《そんけい》の眼差《まなざ》しに変わるかもしれない。そう思って、殴られても殴られても、無理やり笑った。だが、心は泣いていた。

その日、家に帰って風呂《ふろ》に入るとき、洗面台の鏡を見て、肩にアザがたくさんできていることに気づいた。人生で初めて、親や妹に見られないようにコソコソとアザを隠しながら風呂に入った。

［第3話］

弁当《べんとう》ひとりで
どう食べるか問題

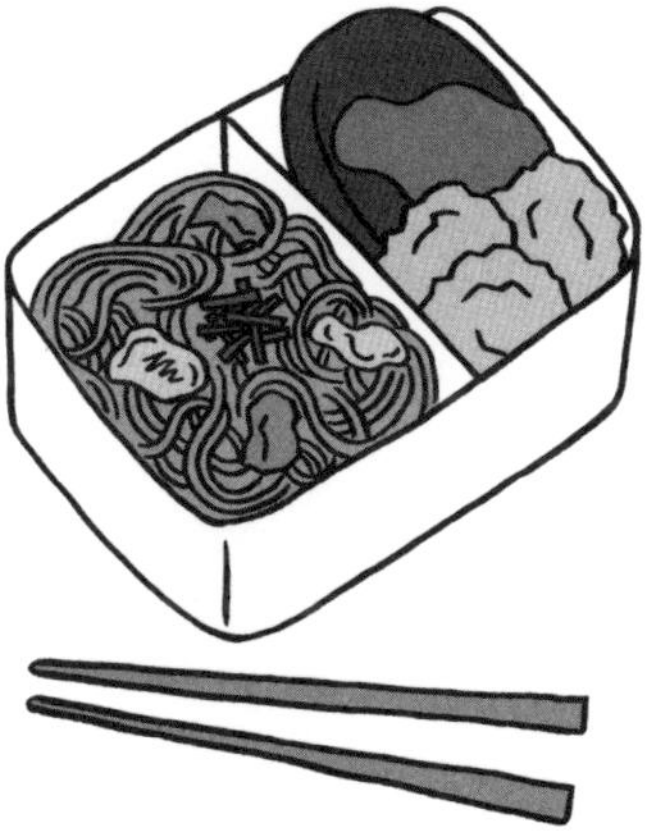

これ以上、肩にアザを作られるわけにはいかないので、4〜5人ほどを中心に形成されている男子1軍グループに自《みずか》ら必要以上に近づくのはやめた。つかず離れず、いい距離感《きょりかん》で過ごせばいい。そう思うようになった。

しかし、教室で浮いている人間にとって最大の課題であり苦痛《くつう》な時間がある。それは昼食である。これは休み時間よりきつい。

グループを形成している人間にとって昼食は確実にいちばん華やかな時間であるが、イシカワにとってはより孤独《こどく》が浮《う》き彫《ぼ》りになる時間である。ホームルームや授業中のように、周りに対していっさいごまかしがきかないのだ。

しかし、育ち盛《ざか》りのイシカワが昼食を食べないわけにはいかない。教室の机でひとり弁当を開けるが、誰ともしゃべれないので、黙々《もくもく》と食べる。まるで、食を極《きわ》めた達人《たつじん》のように。冷凍食品をまるで高級食材のように扱い、「俺は食を楽しんでいるんだ。誰も触れてくれるな」という雰囲気でごまかした。

つらい形で始まってしまった高校生活だったが、毎朝、オカンが作ってくれる弁当を食べている時間は、それを忘れさせてくれた。オカンの美味《おい》しい弁当を食べられている。それだけでいいじゃないか、そう思うようになった。

しかし、いよいよ嫌がらせはエスカレートしだした。一軍男子グループの180㎝を超《こ》えるガタイのいい坊主頭《ぼうずあたま》の中村《なかむら》という男子が「集金《しゅうきん》でーす！」と言いながら、箸《はし》でイシカワの弁当に入っている唐揚《からあ》げやウインナーといった主力のおかずを奪っていったのだ。当然、自分の弁当を蹂躙《じゅうりん》されているみたいですごく嫌だったが、そのときも顔はひきつりながらも、小声で「いいよ」と言うしかなかった。ただ、集金をされると米とおかずのバランスが合わないので地味《じみ》にきつい。

こんなことが何日も続いたが、いよいよ耐えられなかったのは4回目となるおかずの集金のとき。ふざけて箸でお米を大きくつかむと、そのまま床《ゆか》にわざとバラまいたのだ。男子の1軍グループは「やりすぎだ！」と口では言っているが、大笑いをしていた。こっちはもちろんまったく笑えなかった。

自分のことならなんでも耐えられてきたがこれは違う。これは親に申し訳ない。オカンが早起きをして炊《た》いてくれた米を床に……イシカワはとても悲しかったし、とても腹が立った。イシカワの家は、オヤツや菓子《かし》パンを買い食いするお金を自由に使っていいほど裕福《ゆうふく》ではなかった。そんななかで、オカンが懸命《けんめい》に作ってくれた弁当をめちゃくちゃにされるのは絶対に許せない出来事だった。オカンも侮辱《ぶじょく》されているような気分になった。この日から教室で弁当を食べるのをやめようと決意した。

となると、弁当を食べる場所を探さなければならなかった。弁当を食べないという選択肢《せんたくし》もわずかにあったが、オカンに「弁当を作らないでいいよ」と伝える理由が思いつかなかった。

なるべく誰にも見られずひとりで弁当を食べられる場所……すぐに思いついたのはトイレの大をする個室だ。イシカワはドラマの中で「便所飯《べんじょめし》」という行動を見たことがあったからだ。さっそく弁当を持って、個室に入って弁当を食べてみた。

なるほど。たしかに気分はよくないが、内側から鍵《かぎ》もかけられるし、誰にも邪魔《じゃま》をされない鉄壁《てっぺき》の城《しろ》にさえ思えた。しかしその便所飯理論はすぐに覆《くつがえ》された。隣《となり》の個室に人が入ってきたからだ。その瞬間、聞こえてきたのは「ブリュ、ブリュ！」という音と、ものすごい勢いでアレが水にはねる音。音だけならまだしも、臭《にお》いがとにかく強烈《きょうれつ》だ。イシカワはご飯中に横でとんでもない「大」をされてしまったのだ。

隣の彼は本来の目的で入ってきたので責める理由はないが、この日のおかずのメニューは、唐揚げ、やきそば、そしてハンバーグ……どう見てもアレに見えてしまった。

「……なぜ今日に限って茶色が多いんだ……」

いつもは弁当を彩《いろど》るオールスターたちにとっても、この日だけはシビアなアウェイゲームになってしまい、仕方なくトイレを撤退《てったい》した。こうして弁当を食べる場所探しの旅は再び暗礁《あんしょう》に乗り上げた。

イシカワはトイレを飛び出すと、くじけることなく、いろんな場所を探した。

理科室なんかは、人気《ひとけ》が少ないのでいいと思ったが、なんとなく薬品の匂《にお》いがしてきて、食べる気が削《そ》がれてしまうのでやめた。

次は思い切って校舎《こうしゃ》の外に出てみた。目指すはグラウンドの端《はし》の木の裏だ。割とこの学校のグラウンドは広いので、今度こそいけると思ったが、上級生のカップルがコソコソしながら、逢瀬《おうせ》を楽しんでいた。どうやらそういう定番の場所らしい。

体育館の倉庫のなかでも食べてみようと思ったが、いざ行ってみると、いつ運動部の自主練《じしゅれん》が始まるかわからないし、体育の授業が好きな生徒が早めに来そうで、焦《あせ》って弁当どころではなかった。そもそも本当に体育倉庫で弁当を食べていたら、自分でも自分のことをやばいヤツだと思ってしまうだろう。跳《と》び箱《ばこ》を見ながら、食が進むヤツなどこの世にいない。

お次は屋上《おくじょう》の扉の前の階段、すなわち、あまり使われてない屋上へ行くための階段が目標だ。暗くて人も来ないし、イシカワはとてもいい場所を見つけたと喜んでいたが、ダンス部が練習に来たときに、めちゃくちゃビックリされた。「え？　幽霊《ゆうれい》？」などという声も聞こえてきた。

しかし、弁当を食べる場所を探す流浪《るろう》の旅は、ようやく安寧《あんねい》の地にたどり着くこととなる。それは、プールの裏だった。

新学期のこの時期はまだプールの授業もないから人が来ない。お盛《さか》んなトンボの交《こう》尾《び》を見つめながら弁当を食べなくてはならない……ということさえ我慢《がまん》すれば最高の場所だった。せいぜい、プール独特《どくとく》の塩素の臭いこそ気になるが、イシカワはこの地を〝オアシス〟と名づけた。

そう、自分なりのオアシスを見つけたのだ。オカンの手作り弁当を手に教室を抜け出し、この憩《いこ》いの地で毎日、弁当を食べることにした。

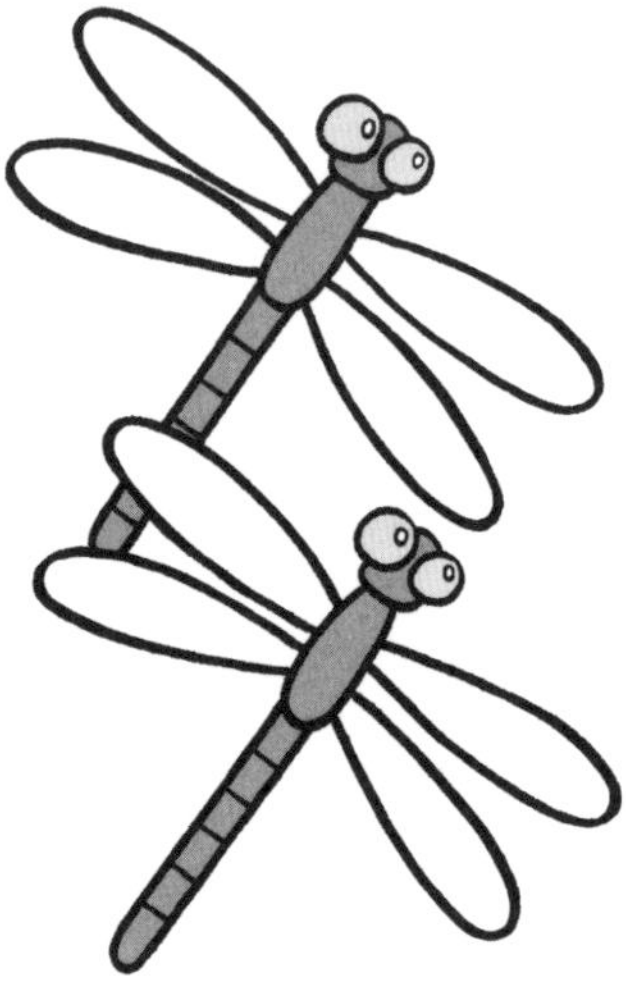

［第4話］

屈辱《くつじょく》の課外実習《かがいじっしゅう》

最初の遠足というか、課外実習みたいなものが次週に企画《きかく》されていた。高校生活が始まってほぼ初めてのイベントだ。

もちろん班決めのときにイシカワは最後の振り分けまで残り、ついには〝取り合いじゃんけん〟なる恐《おそ》ろしい人身売買《じんしんばいばい》をポップにしたような競技《きょうぎ》で所属班を決められた。

すなわち当日、行動はおのずとひとりになった。それまでの人生であまり経験したことのない、ひとりでイベントをこなすというきつい課題。しかし意外にも、課外実習の場所が科学博物館《はくぶつかん》というワクワクする施設《しせつ》だったのも相《あい》まって、ひとりで行動しやすかった。

朝はオカンに弁当を作ってもらった。経済的に決して楽ではないのに、オカンは遠足用のおかずに気合いを入れてくれていた。そんな気持ちを裏切りたくないので、「みんなと楽しんでくるわ！」という嘘《うそ》でごまかした。

科学博物館ではレバーを回すと電気の流れを見られるモニュメントがあったり、大きな台風のときの風を体感できる装置《そうち》があったりと楽しめた。

ひとりで黙々と科学博物館のなかを回っていると、黒川たちのグループと鉢合《はちあ》わせになってしまった。目を伏《ふ》せて通り過ぎようとしたが、「探していた」と言われてイシカワはトイレに誘われた。

なんだ？　まさかこの遠足みたいなイベントから仲良くなれるパターンがあるのか？　少しだけ期待《きたい》が膨《ふく》らんだ。

しかし結果は違った。黒川の側近《そっきん》・小林《こばやし》が手に大量のポマードをつけてイシカワの髪《かみ》の毛を思いっきりオールバックにしたのだ。黒川たちは爆笑《ばくしょう》しながら髪の毛をニワトリみたいなトサカにしたり、めちゃくちゃにしたりしたあとに、いちばん目立つようにすべての髪の毛をてっぺんで立たせてまとめてハードスプレーでガチガチに固めた。そしてトイレから一緒に出ると、イシカワはその髪型のまま科学博物館のなかをみんなに見られながら無理やり一周させられた。「何、あの髪型？」という何十人もの失笑《しっしょう》を浴びせられながら。

高校生活の最初のイベント・課外実習はかなり苦《にが》い思い出に終わってしまった。家に帰るまえに、近くのイオンモールのトイレの手洗い場で必死に頭にこびりついたポマードやハードスプレーを洗いながら落とした。

そして、トイレに誘われたときに「まだグループに入れてもらえるんじゃないか」と期待していた自分はなんて馬鹿だったんだとあらためて思った。

［第4話］

屈辱の課外実習

［第5話］

加《か》速《そく》しだす いじめ

相変わらず弁当の時間は、プールの裏、通称《つうしょう》〝オアシス〟で食べるようにしていたが、休憩時間の教室のいじめのレベルはどんどんエスカレートしていった。

クラスの空気も、イシカワが何かされていても、イシカワが泣いたり怒ったりもせず、トラブルになっていなかったので、この景色に慣れてきていたのだ。

肩にパンチを食らう肩パン。これが毎回当たり前のように行われるようになっていた。イシカワは顔が引きつるが耐えた。ヘコたれていないイシカワの素振《そぶ》りを見てつまらないと思い始めた黒川の軍団は、4階の窓から4人でイシカワを担《かつ》ぎ上げて廊下に足だけ残し、体を半分以上、窓から外に出して、イシカワのリアクションを見るという遊びを決行した。

考えてみてほしい。友達でもないヤツらに足だけ支えられて、上半身は4階の高さからほぼ下に宙吊《ちゅうづ》りの状態。誰かが下手《へた》をしたら命を落とす。そんな他人に命を握られている恐怖。ニュースでたまに流れてくる学生が校舎からの落下で亡《な》くなる事故などは、こういう景色を見た人が被害者なんではなかろうか。そう思うと、イシカワは手汗が止まらなくなった。しかし、黒川のグループは、この行為を〝スカイダイビング〟と名づけ、「スカイダイビング楽しかったあ?」と敢《あ》えて聞いてきて、遊びの範疇《はんちゅう》だろうという空気を演出してきた。

またある日は、黒川軍団の180㎝の中村がイシカワを肩車《かたぐるま》して、いろんなクラスの廊下中《じゅう》を神輿《みこし》のように担いで練《ね》り歩いて楽しむ黒川曰《いわ》く〝祭り〟も始まった。祭りのまえは、トイレに連れていかれ、課外実習のときと同じように、髪の毛をヘアスプレーでニワトリのトサカのようにガチガチで固められる。そんな頭で、初めて行くクラスや廊下を肩車されて回るのだから、思春期にとってはたまらなく恥ずかしい。しかも黒川はそれを問題にはされたくないので、「イシカワも仲間たちと楽しんでいる」ような雰囲気をしたたかに作ってくる。

なので、はたから見たら仲のいい友達がふざけているようにしか見えず、問題視されないのである。実際、1年8組の担任《たんにん》であった教師《きょうし》も、このときは黒川たちとイシカワはまだ仲がいいと思っていて、ノータッチだった。

自分たちがいじめをしていないように楽しく見えるすれすれの嫌がらせを思いつくので、黒川はいちばんやっかいな知能犯《ちのうはん》的ないじめ野郎だ。アホなヤンキーみたいに顔面をぶん殴ってくれれば、さすがに学校も動き出すのだが、こいつのやり方は実に巧妙《こうみょう》で、教師たちの目をかいくぐって、あたかも「こいつと友達ですよ」というようないじめを思いつく。

そして物理的な攻撃でイシカワを苦しめるのが黒川の側近の中村。こいつが黒川のゴーレムみたいなヤツで、「頭脳が黒川、実行犯が中村と小林、そして野球部の篠原《しのはら》」というフォーメーションがだんだん見えてきた。そのほかは同調圧力《どうちょうあつりょく》で黒川軍団に参加している感じだ。

なるほど、これは思っていたより厄介《やっかい》な敵《てき》かもしれないとイシカワはさらなる危機感を抱《いだ》いた。実はそうなのである。この世の中で起こっているいじめは、いじめている側が問題にならないように上手く周りの大人や教師たちとの隙《すき》をついてくるので、根性《こんじょう》だけではどうにもならないことが大半なのだ。

結果、いじめにあっている人は、入り組んだ人間関係との頭脳戦《ずのうせん》を強《し》いられることになる。そこが現代社会におけるいじめの複雑《ふくざつ》なところなのだ。

でもイシカワはあきらめなかった。

学校は休めない。休めば親に心配される。地元の友達にも、「あの明るいイシカワが学校でいじめにあっている」なんて、そんなことは絶対に思われたくない。簡単にいじめを言い出せないのは、そういう心理もある。

しかし、イシカワに嫌がらせをするバリエーションはどんどん増えていった。掃除《そうじ》のロッカーのなかに入れられて、外から「ドンドンドンドン！」と叩かれる。暗闇《くらやみ》のなかの出来事だし、これだけでもけっこうなストレスなのだが、これはまだ序《じょ》の口《くち》に過ぎない。さらに「ドーン！」と大きな音がすると、イシカワの体は真横に倒れ込んだ。そう、なんとロッカーごと倒されてしまったのだ。しかもドアが地面の方向に水平に倒されるので、かなりの衝撃《しょうげき》であるとともに、ドアが下なので、自分のタイミングで開けられない。ロッカーから出る権利さえ与《あた》えられないのだ。それでも黒川たち

［第5話］

加速しだすいじめ

は「ゾンビだ！」と言いながらロッカーを開けて遊びのように立ち振る舞い、周囲の目からはじゃれあいなのかいじめなのかわからないようにしていた。

それでもイシカワは耐えていた。耐えれば大丈夫。なんてことはない。家に帰れば大好きなお笑い番組がある。漫才番組の台本を書き起こしているときはすべてを忘れられた。俺もいつか……そんなこともボンヤリ思うようになっていた。

しかし、イシカワのメンタルが、実は悲鳴《ひめい》を上げていたことに、イシカワ自身もこのときは気づいていなかった。

［第6話］

円形脱毛症《えんけいだつもうしょう》

イシカワは高校に入学してから一度も学校を休んでいない。机が毎日ひっくり返されている状況下でも耐えていた。一度休めばもう戻ってこられないような気もしていたので、イシカワは耐えていた。

しかし、実は体と精神がSOS《エスオーエス》サインを出していた。なんと、髪の毛が掴《つか》めば掴むほどスルスル抜け出したのだ。いわゆる円形脱毛症の初期症状だ。

抜け毛がいつもとは比にならないぐらいの量になってしまう。寝て起きたときに枕《まくら》についている髪の毛の量が異常である。あとは風呂で髪を洗ったときにも、手が真っ黒になるまで抜けてしまっていた。そして、その抜け落ちた髪をよく観察してみると、その毛根《もうこん》の先まで黒くなっており、頭のストレス細胞《さいぼう》が毛根を攻撃し、白いはずの毛根がそのような色になってしまっているらしい。

少しずつ円形に脱毛してしまうそんなイシカワの姿に、担任の荒川《あらかわ》先生は「まえから気になっていた。面談《めんだん》をさせてくれ」と言い、いよいよオカンが呼ばれて三者面談が行われることになった。

「まずい……親にこのような状況になっていることをずっと隠してきたのに」

イシカワはそう思ったが、先生ものすごく不安そうだったので、無理やりにでも面談をなくすのはやめて、しぶしぶ受け入れた。

面談当日、先生と向き合ってもオカンはあまり状況を理解しておらず、「こんなに図太《ずぶと》い息子でも急に円形脱毛症になるんですねぇ」と笑い話のように思っているようだった。

しかし、先生はついに重い口を開き、今まで黙《だま》っていたことを後悔《こうかい》するかのような目で、「イシカワ、正直に言ってくれ。クラスの友達と上手くやれているか？」と核《かく》心《しん》に迫《せま》る質問をしてきた。オカンは「え？」と意表を突かれたような顔だった。息子は家ではあっけらかんとしているので、まったく気づいていなかったのだろう。

少し間《ま》を置いて、イシカワは「もちろん上手くいっています。いじられてはいるが、お笑いのノリのようにふざけ合っている範疇《はんちゅう》です」と、思ってもいない嘘をついた。先生は「本当にか？」と念を押してきた。先生に申し訳ない気持ちもあったが、「はい」

と、また嘘を重《かさ》ねた。

このとき、イシカワは「いじめられている」とは絶対に言い出せなかった。まず大きな要因のひとつはオカンだ。オカンに心配されたくないし、まったくそのような素《そ》振《ぶ》りを見せてこなかった自分の頑張りが無駄《むだ》になってしまう。

そしてもうひとつは、大人の介入《かいにゅう》を拒《こば》みたかったこと。この面談で先生がいじめを認識《にんしき》して、「イシカワをいじめるな！」とクラスに注意してしまったらどうなるだろう。イシカワは先生にチクり、そして大人を利用して同世代を裏切った。そのような空気が流れるに違いない。

そして、そういう空気になってしまうことの影響は大きすぎる。イシカワが懸命に「いじめではなく、いじられているだけだ」とクラスメイトたちに取り繕《つくろ》ってきたのに、そのバランスが崩《くず》れて、いよいよ〝いじめられている人〟が確定してしまうからだ。それはできるだけ避けたい。一気に学校で過ごしにくくなってしまう恐れがある。そういう心理から先生の助ける手を拒《こば》んだ。

実際、いじめというのは、大人が介入してもきれいに解決しない。当事者同士でなんとかしなければならないのだ。イシカワは今一度、心のなかで先生とオカンに、「ごめん、でも自分でなんとかしてみせるから」とつぶやき、心配をかけてしまったことを2人に謝罪《しゃざい》した。

［第7話］

皮《ひ》膚《ふ》科《か》への通院

結局、面談後も、抜け毛はおさまらないので、どんどんイシカワの頭はハゲていった。当時、流行っていた映画『ロード・オブ・ザ・リング』の登場キャラで頭がハゲちらかしているゴラムや、『ドラゴンボール』でイシカワの頭のハゲている部分が紫色のところに位置するフリーザなど、いろんなハゲのキャラクターのあだ名を黒川軍団からつけられていた。

クラスでは、「フリーザ様、フリーザ様！」と大合唱《だいがっしょう》も起きたが、それをフリーザの代名詞《だいめいし》のセリフ「殺しますよ」で、毎回おどけながらイシカワは返していった。そうやってイシカワが強がるので、まだ大丈夫と思ったのだろう。黒川の指示を受けた小林と中村が、イシカワの髪の毛を引っ張って抜き、その抜いた毛の量を競《きそ》い合うという地獄《じごく》のような遊びも始まった。

その後、イシカワは学校の帰りに、皮膚科に通うことになった。精神科に通うのではなく、皮膚科に通うというのも、「自分はいじめで弱ってなんかいない」と少し意地になっていたからかもしれない。

「自分は追い込まれてハゲてなんかいない。自分はまったく精神的にやられているわけじゃない」

これはただの皮膚の病気だと自分に言い聞かせて、オカンを安心させるためにも皮膚科じゃないといけなかったのだ。

初めての通院の日、まずは何がきっかけで抜け毛が止まらないのかを調べるために採血《さいけつ》をした。注射をされて、ゆっくり管《くだ》から管へ自分の血が移動していくのを初めて見た。「まさかこんな高校生活になるなんて」とぼんやり考えながら、自分の血が管を上がっていくのをずっと見つめていた。

そしてその日のうちに診断《しんだん》の結果が出たので、皮膚科の先生がいる部屋に呼ばれた。先生は女性でニコニコ笑っていた。おそらく円形に脱毛しているまだ15歳の少年に対して、「愛《いと》しく包み込んであげよう。緊張《きんちょう》しなくていいよ」と、思わせてあげようとしたのだろう。終始《しゅうし》、そんな感じの笑顔だった。

「イシカワくんよかったわね、ステージII《ツー》です。これはすぐよくなるからね」と明るい感じだった。先生は紙とペンでくわしい説明を始めた。

「今、ストレス細胞が毛根を刺激して、毛根が黒くなっていると思うんだけど、これのせいで髪が抜けちゃって円形脱毛症になっているの。まず、ステージⅠ《ワン》はいわゆる10円ハゲみたいなのができちゃうんだけど、ステージⅡはその円形と円形がつながって大きな円形になって、頭全体の髪の毛がたくさん抜けちゃうってやつなのね。でもこれはよくある症状だし、しっかり治療していけば絶対に治るから」

話題のわりにやけに明るい話し方をしてくる。やはり励《はげ》まそう、和《なご》ませようとしてくれているのだ。さらに先生は空気をよくしようとしてイシカワに丁寧《ていねい》に説明した。

「その上にステージⅢ《スリー》っていうのがあるんだけど、これは眉毛《まゆげ》とかまつ毛とか下の毛とかも全部抜けちゃうの。それじゃなくてよかった。髪の毛は帽子《ぼうし》も被《かぶ》れば周りには隠せるし、顔は変わらないから大丈夫よ」

イシカワは少し安心して微笑《ほほえ》んだ。先生も笑いながら「大丈夫、頑張ろう！」と明るく言ってくれた。

「なんていい先生に会えたんだ。明るくて楽しい女医さんなんて天使だ」

そんなことを思っているとひとりの看護師が、「先生……これを」と言って資料を何枚か追加で持ってきた。その資料を先生がフンフンと読むと、「イシカワくん、まあ、あのー、ステージIIIでした……うん。でも絶対治るから……」と弱々しい声で言った。

この世とは思えない、気まずい空気が流れた。主治医は堕天使《だてんし》だった。

［第8話］

体育祭

［前編］

気づけば、体育祭の時期が近づいていた。ホシノ高校のでかい行事といえば、夏休みまえの体育祭と秋にある文劇祭《ぶんげきさい》だ。

イシカワの学校はこういうイベントにすごく力を入れており、文劇祭の劇には、他校からもかなりの人数の生徒が集まる。同様に、体育祭の応援《おうえん》合戦や創作ダンス、そしてクラス対抗リレーなどは、親たちも巻き込んで大盛り上がりする。イシカワにとって、科学博物館見学以来の大きなイベントだ。

もちろん、大きな転機でもある。最近はいじめの感じも変わり、それまでの過度《かど》な嫌がらせとかではなく、どちらかと言えば、イシカワをシカト、無視、空気扱いするようになっていた。おそらく、髪の毛がみるみる抜けていくイシカワの姿に、黒川たちも焦りを感じたのだろう。

しかし、イシカワにとっては物理的な嫌がらせをされるより、空気みたいに、自分が存在しないみたいに扱われるほうがよっぽどきつかった。なので、ここはなんとかクラスの力になって、通常の学生生活を取り戻せる機会にしなければならなかった。

そこでイシカワは体育祭のクラス対抗リレーに的《まと》を絞った。

クラス対抗リレーとは、クラスを代表する足の速い4人の生徒がバトンをつなぎ、クラス対クラスで1位を決めるいわばいちばんの花形《はながた》のイベントだ。

幸いにもイシカワは、小学校のときに3年間サッカーをしており、足は平均より速いほう。50mを6秒台で走れるポテンシャルは持っていた。

ここしかない。

クラス対抗リレーの選抜《せんばつ》メンバーを決める話し合いのまえに、出場候補を探すべく、体育の授業で50mのタイムを測《はか》ることになる。イシカワはその授業のために、病院から帰ると走り込むことを日課とした。自分でスクワットや筋トレメニューを組んで、坂道ダッシュなんかもした。クラスのみんなの前でリレーで走っている姿を想像しながらトレーニングに勤《いそ》しんだ。

もちろんその間にも髪の毛は抜けていた。基本は自分の住む団地の周りを走ったのだが、ニット帽や帽子を被っていては全力を出せないので、細く伸びた落ち武者のような頭のまま気にせず走った。すると、歩いている知り合いの2人組のおばさんから「え、今のイシカワさんとこの？」「うそうそうそ!?」という声が聞こえたが無視して走り過ぎた。

しかし、もう一周すると、またすれ違いざまにもうひとりのおばさんが「ほんまや、ほんまほんま、あらあら〜」と言った。面倒くさかった。とにかくこのおばさんたちも50ｍのタイムで黙らすしかないという変なモチベーションになっていた。病気になると、いちいち知り合いに説明するのが面倒くさいというあるあるが出てくる。

そしていよいよ迎えた50ｍ走の授業。イシカワは誰からも期待されていなかった。「よーい、スタート！」という体育係《がかり》の号令《ごうれい》とともにスタートすると、イシカワは思い切り走った。細く伸びた髪の毛がなびくと、クスクス笑い声も聞こえてきた。「野《や》人《じん》や！」「全速力のＥＮＥＯＳ《エネオス》の看板や！」という声も飛んだ。もうなんとでも言え。こちとらオリンピックぐらいの人生をかけたレースをしている。

そして、タイムが出た。男子たちが、どよめいた。なんと6秒52という好タイムだ。

高校1年生男子の平均タイムは7秒台でそれをギリギリ切れば速いほうだったので、4人の代表に入るのには申し分ないタイムだろう。黒川軍団も驚いていた。イシカワは高校に入って初めて「よっしゃ」と小さく叫《さけ》んだ。

そしてその噂《うわさ》は女子にまで広がった。「あの病気のイシカワは実は体育会系だったの!? 体育祭は一緒に参加できるんだね」。クラスの厄介者《やっかいもの》でも、存在すらしない空気なんかでもなくなった気がした。

〔第9話〕

体育祭

〔後編〕

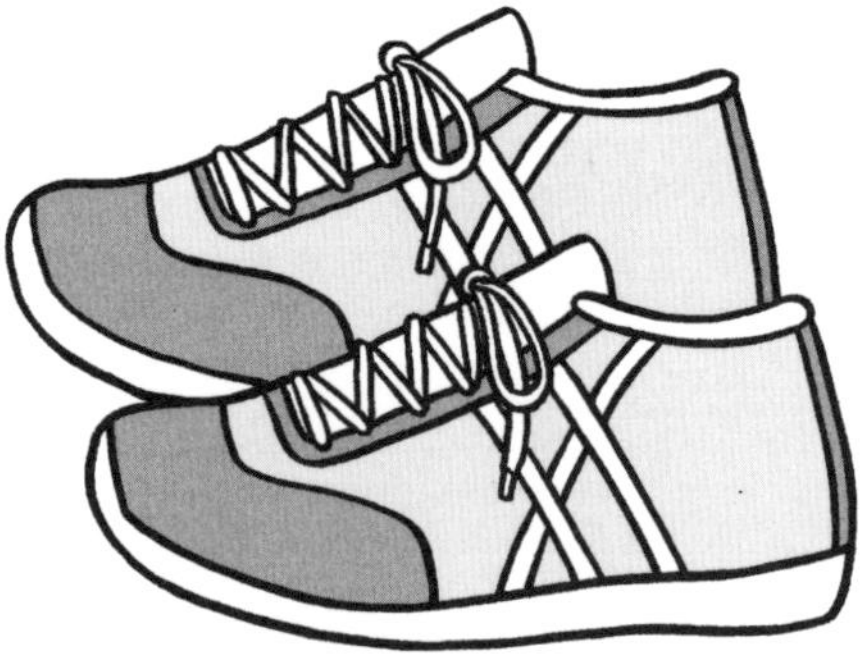

クラスのみんなが黒川の作った空気に賛同しているわけではないのだ。できればあの子をなんとかしてあげたい。俺が、私が。でもイシカワが自分で黒川たちの輪に飛び込んでいっているし、イシカワがどのような人間かもわからない。全員まだ10代半《なか》ば。ひたすらに困惑《こんわく》しているのだ。

しかし、こういうわかりやすい結果がひとつ出ると、みんな安心したように、「イシカワくんすごいね。足、速かったんだね」と話題にするようになっていた。よかった。団地でのダッシュトレーニングをやってきてよかった。

そしてリレーの出場選手を決めるホームルームで、体育祭における種目《しゅもく》の振り分けが始まった。大縄《おおなわ》を回す人、2年生・3年生とやる創作ダンスの代表など、どんどん決まっていくなかで、いよいよクラス対抗リレーの4枠の話になった。

仕切りは体育係がやっており、みんなの体育の50m走の成績をもとに話し合いで決める。まず成績順に陸上部の男子2人が入った。そして、黒川軍団の小林が続いた。いよいよ残るはあと1枠。タイム順でいうと次はイシカワだ。そもそも小林より0.2秒速いタイムなのだ。

　すると黒川が動いた。「俺やりたい。小林との息も合うし、放課後のリレーの練習もしやすい。だから俺がいい」という主張だった。イシカワは自分で手を挙げる勇気がなかった。すると、ひとりの男子が弱々《よわよわ》しく手を挙げた。

「タイム順だよね。それならイシカワくんじゃないですか」と声を震《ふる》わせながら言ってくれた。すると、ひとりの女子も「私もそう思う。タイム順がいいと思う」と賛同してくれた。同調する空気がクラス内に広まった。

　しかし、黒川軍団の小林が「俺は黒川とやりたい。イシカワは毛の病気だし、他のクラスに笑われるかもしれんし、いじられる」と言い放った。

　そんなとんでもないことを言ってしまえるのが学生だ。その冷酷《れいこく》な主張を聞いてみんなさっと手を下げて引いてしまった。

　さらに黒川が追撃《ついげき》をする。「それに俺のタイムも6秒台だし、あの50m走のときは調子が悪かった」。しかも陸上部の2人も「イシカワは少しフライング気味《ぎみ》だった」

など訳のわからないことを言い出した。おそらく裏で黒川と小林と口裏を合わせて、ここまで算段《さんだん》を組んでいたのだろう。

先生がそこはさすがに入ってきて、「イシカワがフライングしたっていう話は本当やな?」と聞いた。陸上部の2人は「本当です」と目をそらしながら言った。しかし先生は「守りすぎることをやめてほしい」とイシカワから遠回しに言われていたし、三者面談以降はほかの生徒からも「イシカワをかばいすぎだ」などと言われるんじゃないかと気にしているようだった。

だから先生もこれ以上は成《な》り行《ゆ》きを見守るしかなかった。結果、イシカワはリレーから外され、黒川が走ることになり、イシカワは借《か》り物競争《ものきょうそう》行きにされた。

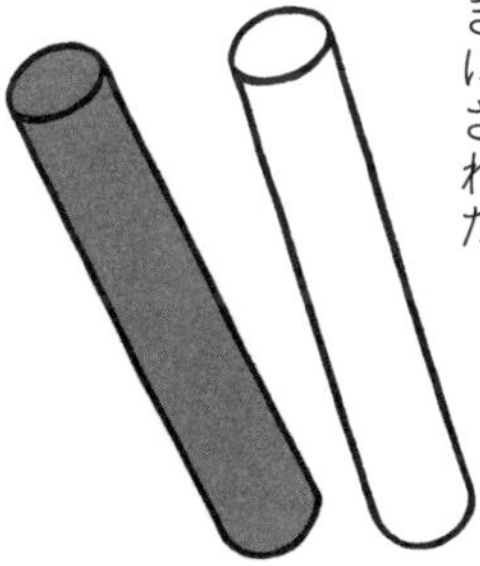

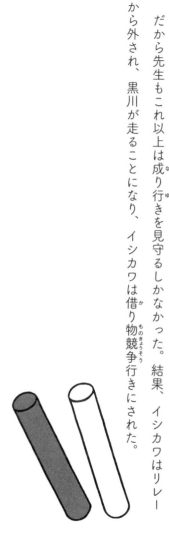

〔第10話〕

家族と
心のフタ

体育祭当日、借り物競争に出たイシカワは手を抜かずに全力で走った。しかし、借り物競争にハゲている高校生が出ている……来賓《らいひん》席からそんなどよめきも一瞬感じ取れた。そんななかでイシカワの両親はつらそうに我が子を見ていた。

しかも、借り物のお題がよりによって「帽子《ぼうし》」だった。切実な借り物すぎて、ひかれてしまう。こうしてイシカワの「クラス対抗リレーで友達プラン」は、水泡《すいほう》に帰《き》した。「切実な借り物すぎてひかれてしまったんだろう」と心のなかでツッコんだ。

そして、体育祭のあとは夏休みに入った。夏休み中にストレス細胞が落ち着いて、2学期からまたリセットできる——学校を休まずにここまできたイシカワにとっては、待望《たいぼう》の長期休みだ。

ただ、地元で集まりがあるときは困った。夏休みなので、中学の幼なじみが誘いをかけてくれる。プールに行こう。母校《ぼこう》のグラウンドでサッカーを久しぶりにしよう。行きたいのはやまやまだが、このハゲている状態をどう伝えるのか。果たして気づかれずに帽子でごまかせるのか。いや、無理だ。

イシカワは特に仲の良い幼なじみ3人との集まりのときに決意をして、出会《であ》い頭《がしら》に帽子を取って、「こんなんなってもた〜!」とあえておどけてみせた。すると3人ともちっとも驚きもせず、「知ってるわ。大丈夫か?」と、事情を知って心配しているようだった。

どうやらオカンが「うちの子、頭の毛が抜けてしまってんけど、気にせんといてな」と電話やらであちこちにフォローを入れて回っているらしい。みんなは「まあイシカワのことやから大丈夫なんやろうけどな。でもそれ、しょっぱなはショックでかくて笑われへんで」と幼なじみらしく笑ってくれた。

やっぱり友達はいい。久しぶりに温かい感覚に包まれて少し泣きそうにもなった。そしてイシカワにとって「この幼なじみたちがいる限り大丈夫だから、もっと高校で自分らしくいよう」、そう夏休みに思えたのが、とても大きなことだった。

そして2学期が始まった。気持ちは前向きなのだが、肝心《かんじん》の頭はというとほとんど髪の毛が抜けてしまっていた。そして、ステージⅢの症状、すなわち眉毛やまつ毛などもいよいよ抜け出して、顔も以前のイシカワとはかなり変わった状態になっていた。その変わり果てた姿を見て、さすがに両親からは「学校を休んでほしい」と頼まれたが、イシカワは休まなかった。

それどころか、帽子も被らなかった。正確には通学中だけは帽子を被り、教室に入ると帽子を取った。

なぜか学校では帽子を被るのが嫌だった。「こいつらのせいで帽子を被らなければならないというのが嫌」というのもあったし、平然としていることで、「自分のメンタルの強さを見せつけたい」という意図《いと》もあった。

病気といじめで学校を休む。そんな自分を受け入れたくなかった。ここで引いたら戻ってこられない。そんな思いのなかで2学期がスタートしたのだ。

しかし新学期になっても毛はどんどんさらに抜け、その頃から「フリーザ様」というあだ名が完全に定着した。ドラゴンボールのフリーザ様の頭の白と紫の、紫の部分ぐらいのでかいハゲができたからだ。しかしイシカワは覚悟を決め、フリーザ様をまっとうしようとした。

休憩時間に一軍グループに「フリーザ、フリーザ！」と合唱されていじられても、毎回、ひとりずつに「殺しますよ、殺しますよ」と全部笑いで返した。「今日の私の持ち金《きん》は53000ですよ。ドドリアさんから電話なので失礼します、キエエエエ！」などフリーザギャグを量産《りょうさん》した。

イシカワは夏休みに地元の幼なじみと会って、本来の自分を思い出した。

「絶対に暗くなりたくない。こいつらに人生を変えられたくない、跳ね返したい」と意地になって明るく振《ふ》る舞《ま》っていた。

しかしいくら自分が明るく振る舞っても、クリアできない難題があった。それは家族からの心配だ。イシカワは5人家族の長男で妹は2人。オカンはパート、オトンはタイル屋と、ごく普通の家族構成かつ団地住まいの子だった。今までクラスで上手くいっていないことをもちろん家族に話したこともないし、肩にどれだけアザがあっても妹たちに隠れながら風呂に入ってごまかしたりした。しかしこの脱毛症は違う。もう隠しようがないのだ。

週2でオカンと病院に行き、血を抜いてもらったり、いろんな検査を受けたりしたのち、薬を渡される。それは頭の細胞が毛根を刺激することで、毛根が死んでしまうのを防ぐために塗《ぬ》る薬だ。皮膚を無理やりかぶれさせてグジュグジュに荒《あ》れさせることで、攻撃性《こうげきせい》のある細胞の気《け》をそっちにそらすというものだった。

この薬で厄介なのは自分で塗れないこと。だから、風呂場で毎日、オカンに塗ってもらっていた。自分がこんな若さでハゲてしまったショックももちろんあったが、「人生ゲームだとしたら今、絶対に止まりたくないマスだよなぁ」と笑いながら家族にも気丈《きじょう》に振る舞っていた。

しかしある晩、オカンに風呂場で薬を塗ってもらっているときに、ぽたぽたと涙が頭に落ちてきた。オカンが泣いていた。生まれて初めて見るオカンの涙だった。いつも明るく強気《つよき》でツッコんでくるオカンが「なんであなたがこんな目にあわなきゃいけないの!?」と叫んだ。オカンの泣き顔を初めて目にし、頭皮《とうひ》で涙を直《じか》に感じたイシカ

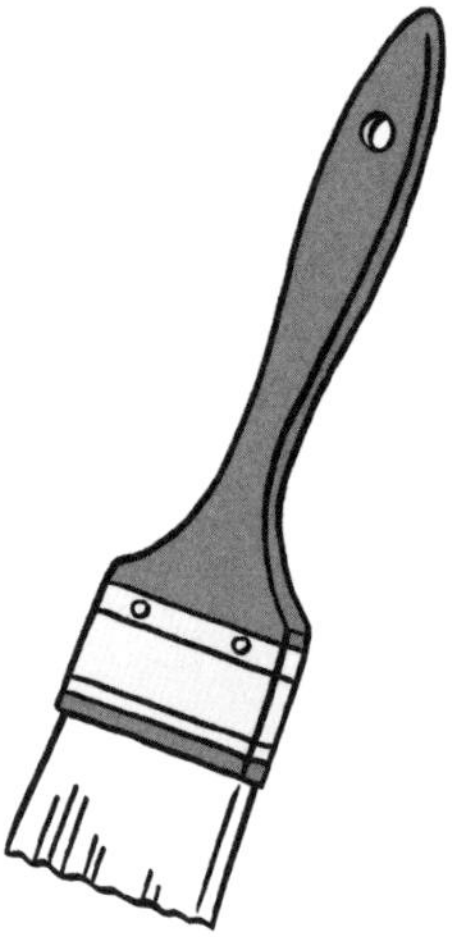

ワは動揺《どうよう》した。そして気づいたらイシカワの目からも涙が溢《あふ》れ出ていた。

悔《くや》しくて、悔しくて涙が止まらなかった。今まで見て見ぬふりをしていたつらい感情がすべて溢れ返ってきた。いつもは底抜《そこぬ》けに明るいオカンの涙で、今まで頑丈《がんじょう》に閉めていた心のフタみたいなものが外《はず》れた。妹たちもオトンも心配していた。素直な気持ちも溢れ返ってきた。そこで初めて、自分の気持ちに素直になれた。

当たり前のように殴られて、脱毛症になって、でも持ち前の明るさで笑っていた。笑って笑って……笑えなくなっていた。オカンが泣いている。これは笑えない。家族の前で初めて大声で泣いた。初めて泣きながらオカンに言った。

「なんでこんな目にあわなアカンねん。髪の毛が抜けて、友達もできへん。そんな悪人みたいな人間じゃないのに、俺が何をしたんや。なあ、俺が何をした、オカン。俺、何した!?」。悔しくて涙が止まらなかった。

オカンは「だから、学校も行かんでええやん」と言ったが、イシカワは「違う、それは違う。ここまでされて負けたみたいで嫌や。学校は絶対に行く」と言った。

なぜこのごく普通の親子が泣かされなければいけないのか。ひととおり泣いて、気づけば、涙はもう出なかった。イシカワはオカンに「俺、悲しくないねん。悔しいねん。だから泣くのはもうええ。こっからはどうにかする」と言った。

2つ下の妹は心配していたが、6つ下の妹は兄の決意表明に「いつものお兄ちゃんや！」とむじゃきに合いの手を入れてくれて、家族の雰囲気はとても良くなった。

イシカワはその晩、真剣《しんけん》に今置かれた状況をどう打破《だは》できるか考えた。そしてもし打破できたら、この経験を生かし、教師になろう。そして、この話を生徒たちに伝えるために本を書こう――そんなことを思いながら眠りについた。

［第11話］

突破口

オカンの涙を見て、イシカワは決起《けっき》し、そのまま徹夜《てつや》をしていじめから脱却《だっきゃく》できる可能性がある案を思いついた。

秋になると、ホシノ高校では全学年のクラスが劇をやって、名誉《めいよ》ある賞を争うひとつの大イベントがある。通称〝文劇祭〟だ。この高校はこの文劇祭に力を入れており、他校からもかなりお客さんが来るぐらい有名だ。この文劇祭で優勝すると、そのクラスは学校中はもちろん近隣《きんりん》でも一躍《いちやく》有名になるくらいで、マリオでいうスターを獲《と》った状態になる。

その文劇祭のアイデアや劇のテーマなどをみんなでホームルームで決めるのだが、実はまえまえから黒川がいじめの一環《いっかん》で、「文劇祭の劇をイシカワに全部作らせてみよう」という冗談《じょうだん》をずっと言っていたのだ。イシカワが思いついたある案とは、その黒川の嫌がらせにあえて乗っかるというものだった。

黒川が台本を書けと言ってくるなら、あえて受けて立ち、「いいものを書ければ採《さい》用《よう》してくれ」と大ごとの賭《か》けのようにしてしまう作戦だ。

イシカワは体育祭や文化祭など学校イベントの影響力を痛感している。お笑いが好きなイシカワは、中学3年のときに、自分のアイデアによるオリジナルのコントを披露したことがあるからだ。そのとき思ったのは、「どんな人間でもイベント中というのは輪の中に入るチャンスがある」ということだ。

イシカワはその作戦を思いついた日から毎日徹夜をして、コントの種《たね》となる設定をできるだけひねり出した。面白いかどうかは別として、今、自分がいじめに対抗できるものはこれしかなかった。そしてその想像が現実のものとなる日が来るのだった。

黒川軍団がいつもの感じで廊下でイシカワの肩にパンチをひととおり入れ終わると、「文劇祭でやる出し物をお前ひとりで考えるらしいな」とふざけてきた。すると黒川軍団の小林が「できるわけないだろう、こんな暗いヤツに」とあざ笑った。

いつもならここで同調して情けなく笑っていたが、イシカワは本気の顔で「やるよ!」と言い放った。すると笑っていた黒川が、「本当に言ってんだな。今言ったよな。なんて言った?」と念押しをしてきた。「俺が全部考えるから任せて」とイシカワがあらためてしっかり言うと、黒川軍団が教室に入り、「皆さぁん。なんと今年の文劇祭はイシカワが全部ひとりで考えるそうです。発表をお楽しみに〜！」と嫌味《いやみ》ったらしく、アナウンスをした。クラスの何人かは笑っていたが、ほとんどの生徒は「またイシカワか……大丈夫か。追い込まれて死ぬのはやめてくれよ」みたいな暗い空気に包まれていた。しかしイシカワにとってはやっと来たチャンスなのだ。

「心配をしているみんな。大丈夫、今回はこっちから仕掛けたから。待っていてくれ」

そう心のなかで決意を固めた。こうして黒川とのギャンブル対決は現実のものとなったのだ。

こうなるともうやるしかない。家に帰ると再びノートを開く。そのまま机にかじりついて、小学校・中学校で身につけたお笑いのノウハウをもとに、コントやネタの種を出しまくっていった。いわばこのコントひとつで人生が変わるかもしれないのだから、プロの芸人と立場的にはそう変わりないだろう。

鬼気迫《ききせま》るほどの集中力で取り組み、気づいたら朝になっていたが、不思議とイシカワに疲労感《ひろう》はなかった。自分のなかで目標ができたことで気持ちが吹っ切れたのだ。朝が清々《すがすが》しくなった。学校へ自転車でペダルをこぎ向かっている自分の頭のなかでは、ウルフルズの『笑えれば』という曲が流れていた。

「とにかく笑えれば、最後に笑えれば、情けない帰り道、ハハハと笑えれば」と口ずさみながら、後半は「ハゲてても笑えれば」と替《か》え歌もしていた。『最後には笑えれば』。今の状況にこの歌がピッタリだった。

それから皮膚科への通院と並行しながら、家に帰ると毎晩、机にかじりついてコントの設定案を考えた。そのなかで有力な候補となるひとつのコントの設定ができた。それが『リアル桃太郎《ももたろう》』というコントだ。

本来《ほんらい》の桃太郎では、おばあさんが川から桃を拾ってきて、おじいさんと桃を切ると子どもが生まれてきて「桃太郎」と名づけるという出《で》だしだが、この『リアル桃太郎』というコントは、拾ってきた桃から子どもが産まれたときに、おじいさんがおばあさんの不倫《ふりん》を普通に疑《うたが》ってしまうという設定。「桃から子どもが産まれるわけがない」

というリアルな感情を入れるコントで、そこからお供《とも》の探偵《たんてい》や弁護士《べんごし》や法律《ほうりつ》事務所が出てきて、おかしな方向にいくという内容だ。このコントがこれからの3年間を救う突破口になるかもしれない。

しかし問題は、このコントの面白さをどうクラスのみんなに伝えるか、だ。スクールカースト最下位の状態からホームルームでプレゼンをしてみんなの支持を集めなければいけない。これこそがいちばんの課題だった。

そんなことを日々考えながら、例のごとくオアシスで弁当を食べていた。最近、オアシスでは、少し離れたところで、ひとりで弁当を食べる男子がいることに気づいた。それはヤマイという、イシカワと同じ1年8組のクラスの生徒だった。

ヤマイは美術《びじゅつ》部所属でイジメられてはいなかったが、クラスのイケイケな雰囲気に馴染《なじ》めず浮《う》いているような状態だった。ただ、優しい顔をしていて、イシカワは「絶対にいいヤツだ」と思っていた。そういえば、体育祭のリレーメンバー選出のときにも、手を挙げてなんとかイシカワを助けようとしてくれたのもヤマイだった。

何日かはお互い会っても無視していたが、ある日、ヤマイのほうから近づいて話しかけてきた。「イシカワってハゲ治るの？」。「急に聞くことか！」と思ったが、「たぶん治るよ！」と明るく返した。

そこからふたりの会話が怒涛《どとう》のように始まった。久しぶりに弁当を食べながら誰かと話した。久しく忘れていたが、ご飯のときに誰かと過ごすのがとても楽しいことをヤマイのおかげで思い出した。イシカワはヤマイと話すのが楽しみでオアシスに通い、ヤマイもオアシスを気に入っていたようで、毎日のように2人で弁当を食べた。

ヤマイもお笑いが好きで、漫才ブームなど古いお笑いにも詳《くわ》しく、タモリといえば普通は『笑っていいとも！』なのに、「四カ国語麻雀《マージャン》だよな」というレトロな話題でも盛り上がれた。

ひょっとして文劇祭でやろうとしているコントの構想を話せるかもしれない——そう思うようになってきた。そして「こいつにならら」という思いで、ヤマイにまだ5割しかできていない『リアル桃太郎』のコントの構想を一気に話した。するとヤマイは予想の何倍も爆笑《ばくしょう》してくれた。

イシカワはなぜか泣きそうになった。初めてこの学校で笑ってもらえた。初めて誰かが認めてくれた。長かったけど、信頼できる人間がひとりいるだけで、こんなに人生が変わるのかというくらい景色が明るくなった。

ヤマイは「それ、プレゼンで勝ち取ろう！　黒川がどんなプレゼンの妨害《ぼうがい》をしてきても、僕はイシカワに1票入れるよ」とまで言ってくれた。ひょっとしたら、いちばんの課題だったプレゼンがどうにかなるかもしれない。そして何より、ここにきてアツい仲間が加わった。文劇祭のプレゼンは来週に迫っていた。

〔第12話〕

運命のプレゼン

会話ができる友達がひとりいると「こうも人生が明るくなるのか」というぐらい、イシカワは学校に行くのが楽しみになっていた。そして何より「文劇祭でこの状況をひっくり返す」という目標を、今は1人ではなく2人で目指すことができている。

これはでかい。ドラクエなんかのRPG（ロール・プレイング・ゲーム）でも、ひとり仲間が増えただけでかなり冒険《ぼうけん》に幅《はば》が出る。まさにそんな感じだった。

そして文劇祭のプレゼンが行われるホームルームが命運《めいうん》を分けるといってもいい。そこでイシカワは、キング牧師《ぼくし》ばりの大演説《だいえんぜつ》をかまさないといけないのだ。クラスで3軍のような扱いを受けて、しかもフリーザの紫のところぐらいにハゲているヤツのアイデアなんかそうかんたんには通らない。

オアシスでヤマイを相手に何度も『リアル桃太郎』のプレゼンの予行演習《よこうえんしゅう》を行った。プレゼンでいちばん推《お》したいところは〝オリジナルの脚本《きゃくほん》〟ということだ。各学年からだいたい4クラスほどが文劇祭に劇を出すのだが、1年のほかの3クラスはいずれも歴代どおりに、だいたいの演目《えんもく》がドラマやミュージカルをパロディーにしたり、そのままやったりとかそういう類《たぐい》のものらしい。

そもそも黒川はイシカワとのギャンブルには興味はなく、イシカワの案を採用させる気なんか微塵《みじん》もない。自分のアイデアを文劇祭の劇にしようというイシカワの勝負に乗ったのは「恥をかかせよう」という一心《いっしん》からだったのだ。

現にこのクラスで権力を持っている黒川は、テレビで流行っていた人気ドラマの再現をプレゼンで推《お》そうと目論《もくろ》んでいたことをイシカワはあとから知ることになる。そこをイシカワは跳ね返して、0《ゼロ》からの設定のコントというすごさに気づいてもらわなければならない。ここが最大の難関なのだ。嫌がらせとはいえ、みんなの前で公平に話せる最後のチャンスだ。絶対に成功させなければならない。

そしていよいよ運命のホームルーム。生徒たちの自主性《じしゅせい》に託《たく》すべく、荒川先生が外に出ると、学級委員と書記係の生徒が前に出てみんなのアイデアを募《つの》り出した。いろいろな案が飛び交う。『ポケモン』『ワンピース』などのアニメ、ほかにもミュージカル、『タイタニック』『天使にラブソングを』など誰もが知る映画の名前が黒板に並ぶ。

しかしここで焦ってはいけない。イシカワのコントはしっかりと説明しないと伝わらないのだ。

「焦るな、焦るな」

席の離れたヤマイもアイコンタクトで「まだだ」という顔をしている。

そうこうしていると、真打《しんう》ち登場かのように宿敵・黒川が派手《はで》に動きだした。教卓《きょうたく》の前まで行くと大きい字で『花より男子《だんご》』と書いた。イシカワにとって最悪なことにクラスが湧《わ》いた。女子の1軍グループも誰がヒロインをやるかを楽しげに話し合いだした。まずい。すごく『花より男子』の空気だ。

そして黒川がついに最後の言葉を放《はな》った。「じゃあ、これで決定でいいよな?」。クラスのほとんどの人間が拍手《はくしゅ》をしてしまった。終わった。プレゼンの機会すら与えられないなんて……。そんなふうにイシカワが絶望していると、ひとりの男子生徒が手を挙げて発言した。

「ちょっと待って。噂では1年の2組と4組も『花より男子』をやるらしいよ!」

イシカワは心のなかで叫んだ。

「きたーーーーー！」

クラス全体にものすごく白《しら》けた空気が流れた。ほかのクラスと被《かぶ》っていると言われて気の進む者はいない。黒川も苦虫《にがむし》を噛《か》み潰《つぶ》したかのような顔をしていた。話し合いは完全に白紙《はくし》に戻ったのだ。クラスが沈黙《ちんもく》になったかと思うと、その瞬間、ヤマイが動く。その場で立ち上がると、震えながら弱々しく言った。

「イシカワがオリジナルのコントを考えています」

クラスがどよめいた。全員がイシカワのほうを向いた。黒川が「そういえばイシカワが脚本を書いてくれるっていう話だったもんな。みんな期待しようぜ」と見世物《みせもの》にする空気を作ってきた。しかし「じゃあ全部イチから説明させてもらいます」とイシカワは冷静に発言すると、教卓に向かった。前に出ていた黒川はイシカワのいつもと違う強気な態度に目を丸くし一歩下がった。

イシカワは黒板に『リアル桃太郎』という文字を書いた。

「どういうことなのか説明します。普通の桃太郎は桃から生まれて鬼退治《おにたいじ》に行きますが、僕らのこのコントでは、いったん、おじいさんが桃から生まれた子をおばあさんが不倫してできた子ではないかと疑います。そして最終的に弁護士を雇ったり、裁判所などで争ったりと、現代ふうのリアルな抗争《こうそう》に発展していきます」

イシカワはとても流暢《りゅうちょう》にプレゼンができた。オアシスで何度もヤマイに向かって練習していたから、その努力がここで生きた。そしてさらに追い風。なんと最初のつかみの設定の話でクラスのみんながワッと笑ったのだ。初めてこのクラスで自分の存在が認識されたような気がした。

［第13話］

伝染《でんせん》する想い

頭がハゲているし、もうすぐ学校を辞めるんじゃないかと思われていた生徒が「ここまで面白いコントを考えられるヤツだったなんて！」と、クラスの女子も男子も、そして黒川の取り巻き、何より黒川自身も驚いていた。

明らかにホームルームの空気が変わった。もうこうなったら止まらないイシカワは、どんどんコントについて語る。

後半で出てくるのはサルやキジではなく弁護士や公認会計士で、そしてそれをわかりやすく俯瞰《ふかん》でツッコミを行う人間も必要だということ。さらに、オリジナルの脚本なので、クラスのほとんどの生徒に配役を与えられるというメリットまで説明した。

クラスのみんなが顔を合わせている。「イシカワってこんなヤツだったのか。こんなことを考えられるヤツを空気の扱いにしてしまっていたのか」という思いが、クラス全体を驚きとともに包んでいた。女子たちからの感触《かんしょく》もかなり良かった。

しかしここで黒川が黙っていない。「はい、そこまで」と言い、再び教卓の前に出てきてイシカワが持っていたコントの原稿用紙を破った。

「こんなハゲてるヤツのアイデアで劇ができるわけないだろう。とりあえず違う案でいこうぜ。こっちは冗談のつもりでイシカワに考えさせただけで、こいつのコントなんかみんなでやるわけねえよな」

そう言ってイシカワに向いていたクラスの空気を無理やり切り裂《さ》いた。ここでイシカワの案が通ってしまうと、このクラスでイシカワの市民権《しみんけん》がしっかりと確保《かくほ》されてしまう。それは黒川にとっては恐怖だったのである。イシカワを虐《しいた》げることでこのクラスでの地位を築いてきたようなものだから、ここは無理やりにでも潰したかったのである。

しかしひとりの女子がついに口を開いた。

「そういうのもういいよ。イシカワ君のやつやりたい！」

そういえば、この女子は体育祭のクラス対抗リレーのときもイシカワを推《お》してくれていた。そう、クラスの数名は黒川の他人をいじめて自分の権力を誇示《こじ》する行動に辟易《へきえき》していたのだ。

しかし面倒なことに巻き込まれたくない。勇気が出ない。そのあと一歩の勇気を振り絞ってくれたのがヤマイと、この女子だった。ショートカットで少しクールなサバサバ系のコモリさんという女子だった。それを口火《くちび》にヤマイも動く。

「こいつは頭から毛が抜け落ちても、ひたむきに今日のためにずっと考えてきました。皆さんチャンスをください」

頭を下げながらヤマイの声は震えていた。高校生が他人のために動くということはとても勇気のいる行いなのだろう。恐怖とアツい思いで、ヤマイは少し泣いていた。それを見てクラスの空気がひとつになった。

「リアル桃太郎でいきましょう」。「リアル桃太郎でいこう」。そう皆が口々に言う。そしてついに、「それではリアル桃太郎に決定で！」と学級委員長が拍手をしながら言った。黒川の取り巻き数名以外は全員拍手をした。

先生は教室に入ってくるとこの結果に驚いていたが、本当に嬉しそうに「イシカワ、おめでとう。よくやってくれた！」と言いながらイシカワの肩を叩いた。

先生もイシカワのことがとても心配だったが、この状況をどうすることもできず歯

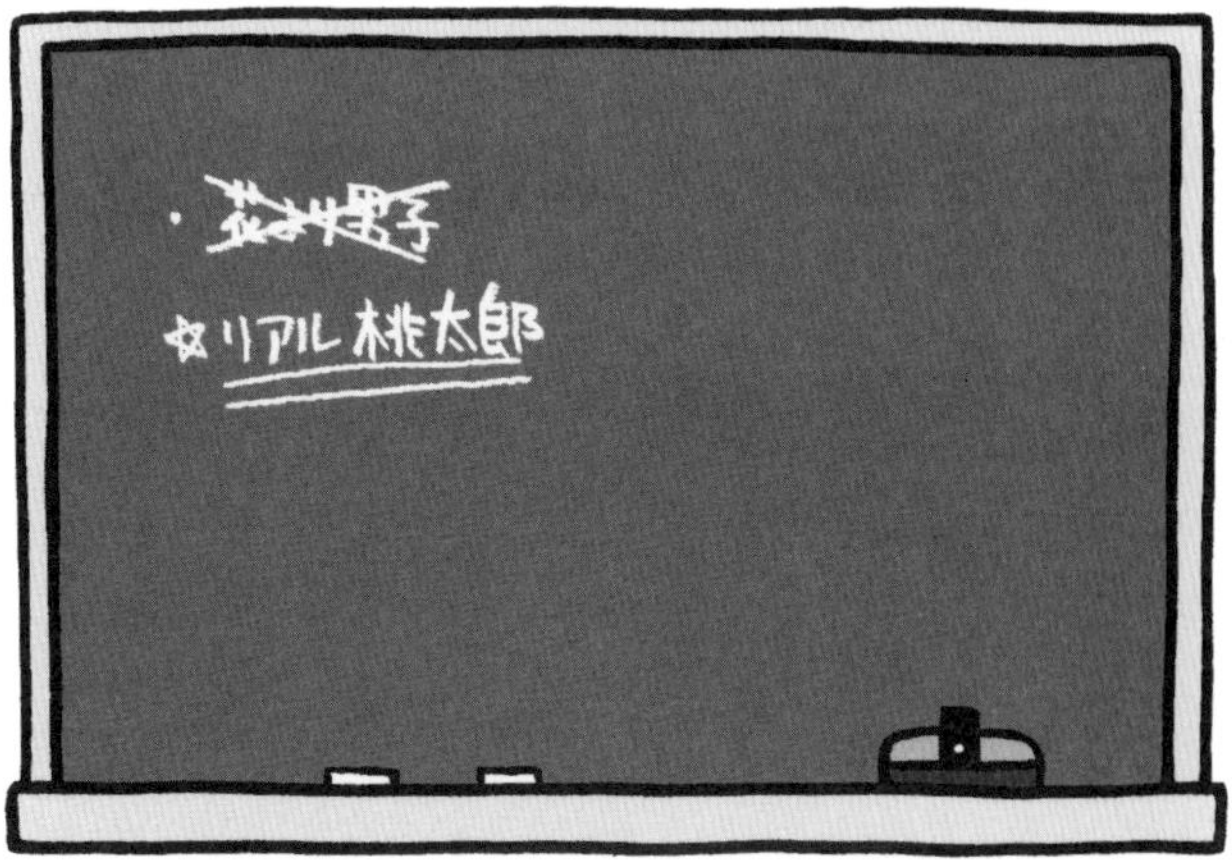

［第13話］

伝染する想い

がゆかったのだと思う。

イシカワの目からは涙が溢《あふ》れ出た。その涙は文劇祭のテーマを自分の案にできたからではなかった。ヤマイが涙を浮かべながら頭を下げてくれたことに対してだった。ヤマイはこちらを向きながら「おめでとう」と言っている。

「違うよヤマイ。お前なんだよ、お前がいてくれたからなんだよ」

イシカワは心のなかでそうつぶやくと、涙が止まらなかった。

「そうかこれが友達か。数なんていらない。ひとりでいいんだ。胸を張って友達だと呼べるひとりがいれば、こんなに人生が明るくなるんだ」

温かい気持ちが身体中を駆《か》け巡り、涙として出てきたのだ。

「こいつとは70歳になっても友達でいよう」

そう思える貴重な瞬間だった。そしていよいよ文劇祭の準備が始まった。空気が明らかに変わった。ようやくイシカワはこのクラスの一員になった気がした。イシカワのアツい想いがついにクラスに伝染しだしたのだ。

［第14話］

T《ツ》SUT《タ》AY《ヤ》Aの魔術師《まじゅつし》

ヤマイ、そしてコモリさんの勇気ある行動もあり、イシカワは奇跡的に文劇祭のプレゼンを勝ち抜いた。ここから本番までの間、リーダー的存在となってクラスを動かしていくのだ。今まで肩身《かたみ》が狭かったイシカワにとっては、夢のような出来事だった。

まずは『リアル桃太郎』の主要なキャストを決めていく作業からだ。主役をどうするか？　これはヤマイにやってもらいたかった。自分はネタを考えたりするだけで十分だったし、自分が主人公をすると黒川や小林たちに劇中、何をされるかわからない。それにハゲている自分がやると、変な笑いが起きてボケの邪魔になる可能性がある。

そういう事情でヤマイが主人公のおじいさんに決まった。そしてもうひとつ重要なのはおばあさん役だ。セリフやボケどころが多いので、ハードルが高くて、なかなか手を挙げる人がいなかった。しかしそんななか、意外にもコモリさんが「やってもいいよ」と言ってくれた。少し照れながら「自分で推薦《すいせん》した劇だし、誰もいかないんだったらやってみようかな」と申し出てくれた。

イシカワは危なかった。コモリさんのことをすぐ好きになりそうだった。しかし今のハゲた頭では恋愛《れんあい》どころではない。すぐ冷静になった。その後、お供の弁護士や公認会計士の役なども順番に決まっていった。

このホームルーム中、黒川軍団は関係のない話をしてこのキャストの話し合いにまったく入ってこなかった。やはりイシカワ主導のコントは気に喰《く》わないようだ。

しかし、意外にも何日か様子を見ていた黒川軍団から「何もしないと内申点《ないしんてん》に響《ひび》く。大道具《おおどうぐ》ならお前の顔を見ずに作業できるから、大道具係をやらせろ」と言ってきた。イシカワはほっと胸をなでおろした。黒川と対立したまま文劇祭を進めていくと必ず何か妨害されると思っていたからだ。イシカワはもちろん喜んで黒川軍団を大道具係に配置した。しかし、これがのちにとても厄介《やっかい》なことを引き起こすのであった。

そして、照明係なども決まり、いよいよいちばん大事な役割が残った。それは音効《おんこう》(音響効果《おんきょうこうか》)係だ。「コントや芝居《しばい》の出来を左右するのは間違いなくこの音効係だ」とイシカワは思っていた。音を鳴らすタイミングひとつで、ボケたあとの間《ま》やお客さんの笑いに直接、大きな影響を与えるからだ。

実際、イシカワの脚本では、桃を切る音でおばあさんがおじいさんのことを切ったり、手刀《しゅとう》で水を真っぷたつに切るなど、音でわかりやすくボケる場面が多かったのだ。

この大役《たいやく》を自分がやれればいいのだが、イシカワは影マイクでツッコむ大事な役割もあった。いわば〝ナレーションツッコミ〟という役割で、みんなのボケを回収していくというこれもまた難しい仕事だったのである。要するに、演者はボケているように見えて実はみんながネタフリ担当で、ナレーションのセリフと音で笑わせていくというシステムだ。

そんななか、「音効を担当したい」という猛者《もさ》が名乗りを上げた。放送部のモリキ君だ。モリキ君は小柄で分厚《ぶあつ》いメガネをかけており、休み時間は誰ともしゃべらずに、イヤホンをしながらひたすらAMラジオを聴《き》いてニヤニヤしているような生徒だった。また、図書館に行ってはパソコンをひたすら触っていた。あまり誰とも接することがなく、みんなから「少し変わっている」と思われているタイプの生徒だったが、イシカワはそんな変わり者にこそ大役を任せられると思った。「みんなに暗いと馬鹿にされている人のほうが、個性が特化《とっか》しているところがある」と昔からの経験でわかっていたからである。

こうして、いちばん大事な音効係はモリキ君に決まった。放課後、みんなが帰ったあとの教室で、早急にイシカワはモリキ君と打ち合わせをした。なんだかクラスの首《しゅ》脳会談《のうかいだん》みたいで興奮《こうふん》した。

一方、具体的なタイムスケジュールも逆算《ぎゃくさん》していかないと間に合わない。「この日までにここのシーンやくだりの練習がしたいから雷の音や『ライオン・キング』の音、川の効果音などを用意してほしい」というお願いをモリキ君にした。「だいたい1週間後には揃《そろ》うかな」と思っていたら、なんとモリキ君は次の日に全部を揃えてきた。しかも雷だけで4パターンもあり、自分でパソコンを使って編集《へんしゅう》した音をサンプルで聞けるようにして持ってきてくれたのだ。

モリキ君はこのコントと関係なく、そもそも趣味で学校帰りに毎日、TSUTAYAに寄っていろんな効果音をパソコンに取り入れたり、洋楽などの面白いところを切り取ってビートにしたりもしていた。

そう。正直、侮《あなど》っていたが、モリキ君は〝TSUTAYAの魔術師〟だったのである。モリキ君はその音源を聴かせたあと、ニマっと笑って「音はぜんぶ俺に任せて。あとモリキーって呼んでよ」と言った。イシカワは思わずモリキーと握手を交《か》わした。

こうして、TSUTAYAのフリー音源を自在かつ無限に操る魔術師が仲間に加わった。イシカワ、ヤマイ、そしてモリキー。ドラクエに例《たと》えるなら勇者《ゆうしゃ》、僧侶《そうりょ》、魔法《まほう》使《つか》いが揃ったようなもの。コモリさんの存在も心強い。さらに、嬉しいことに大道具チームでいちばん手のかかる後ろの背景、つまりセット作りがすごいスピードで進んでいたのである。

黒川の仕切りのもと、大量のペンキで絵を塗る工程や、障子《しょうじ》を木と紙で組み立てる工程など、高校生では作るのが難しい作業なんかもみんなが手を組むことですごいスピードで進んでいた。

イシカワは学校におけるイベント行事のありがたみが身に染みた。まえまでは打ち合わせにも参加しなかった黒川軍団も同じ方向を向いてくれている。この劇が成功して、なんらかの賞を取ったときこそ、完全にみんなと友達になれる気がしてワクワクした。だからこそ、このコントを成功させなければとより気合いが入った。しかし、実は水面下では、嫌な物音を立てながらある計画が進められていたことをイシカワはまだ知らなかった。

［第15話］

衝撃の事実

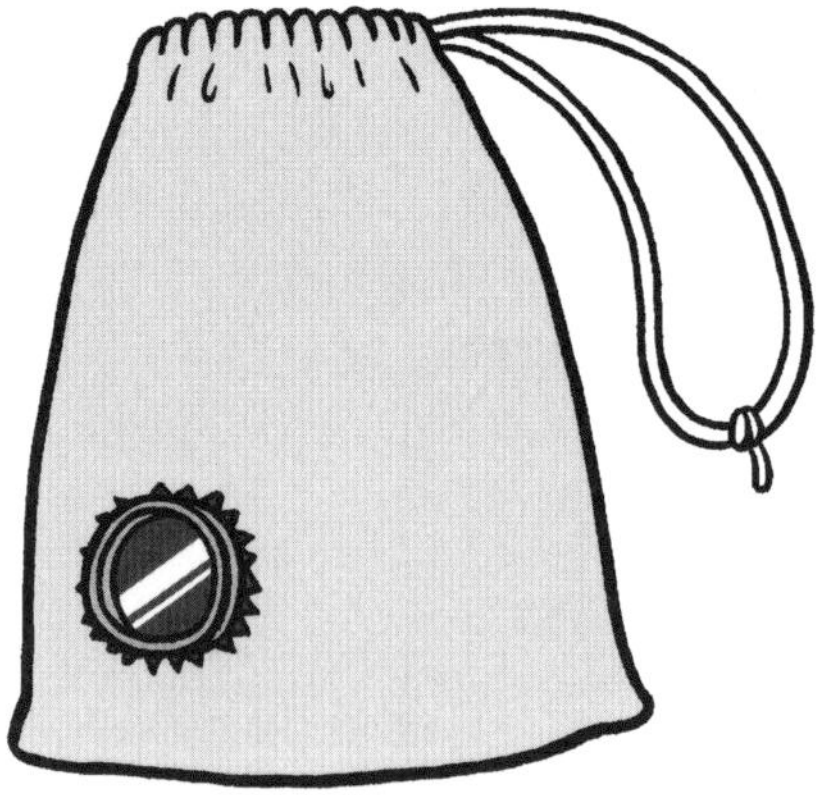

イシカワは学校に行くのが楽しくて仕方がなかった。

家族もイシカワが以前より明るくなっているのを感じ取り、とても安心していた。オカンがじいちゃんに電話で報告しているのを盗み聞きしたのだが、じいちゃんとばあちゃんもかなり心配してくれていたようだ。

一方、薬の副作用《ふくさよう》で頭からフケが大量に出るようになっていたので、この頃からさすがにニット帽をずっと被っていた。オカンが市販のニット帽を買ってきて、それに刺繍《ししゅう》で「ファイト」と付け替えた特製のニット帽。恥ずかしかったけど、嬉しかった。

学生生活も以前とはまったく違っていた。まず、教室に入るとみんながおはようと言ってくれる。そしたらイシカワもおはようと言い返す。こんな当たり前のことにとても感動した。そしてみんなから「あそこはどうすればいい?」「小道具についてなんだけど」「このセリフってどんな感じで言うかわからないから、放課後一緒に練習してくれる?」など、クラスの一員としてどんどん話しかけられた。むしろ文劇祭のこの期間だけはイシカワを中心としてクラスが回っていた。

クラス全員にとって、なんとなく遠ざけていたイシカワに今は聞きたいことが山のようにあるのだ。もうすでに弁当もみんなと一緒に食べられる雰囲気になっていたが、モリキーも誘ってヤマイとあえて3人でオアシスで食べた。

そこは親友感というか、ちょっとほかの友達と信頼の度合いが違った。もともと空気の存在だったときから友達になってくれたヤマイ。そして今いちばん大事な音効の打ち合わせや、会話ができるモリキー。この3人でいる時間が何より落ち着いた。

しかし、この空気が少し変わることになる。少しあとに、オアシスのメンバーにコモリさんが加わったのだ。コモリさんは男子に交《ま》ざるのがぜんぜん平気なタイプで、男兄弟に挟《はさ》まれているからか少しマセている感じもあった。コントのなかでだいぶ重要な役柄であるおばあさん役なので、打ち合わせも多いし、部活のバスケも忙しいので、一緒にご飯を食べることになったのである。

そんなとき、ちょっとした事件が起きた。モリキー、ヤマイ、イシカワの3人が3人とも少しずつカッコをつけはじめたのである。コモリさんがいるとき、少し緊張してカッコをつけてしまい、男子高校生の女性に対する免疫《めんえき》のなさが露骨《ろこつ》に出てしまっていた。甘酸《あまず》っぱい打ち合わせの時間がオアシスに流れていた。そんななか、コモリさんはそんな3人のカッコつけをまったく気にせず、ただただボケ方《かた》を念入りに確認しているだけであった。

みんなにどんどんセリフも入ってきたところで、一度本番が行われる体育館でリハーサルをやることになった。本番まえのリハーサルは一回だけなので、かなり貴重な時間になる。みんな本気で声を出したり、コントの動きを細かく実演したりした。

そしていちばん大事なのがセットの確認だ。学生が作っているとはいえ、木と紙で見事に作られたセットが、そこには立つ。コントの迫力を何倍にもしてくれるその大事な仕事を黒川軍団にほぼ任せていたので、どうなるか正直不安だった。しかし、それは、杞憂《きゆう》だった。体育館に立った大道具のセットは素晴らしいものだったからだ。背景《はいけい》も完璧《かんぺき》で、時間に限りがあるなかで作られた書《か》きわり（*背景などを描いた平面《へいめん》の大道具）にしては、妙に迫力のある渾身《こんしん》の出来だった。

イシカワはリハーサルの結果をみんなに伝えた。

「絶対に成功する。特に大道具の皆さん、すごい仕事をしてくれた。日曜大工の道具を駆使《くし》して、よくあそこまでのものを作ってくれた。ありがとうございます」

黒川軍団はみんなから拍手をもらった。黒川もまんざらではないように見えた。

イシカワは学校に行くのがますます楽しくて仕方がなかった。この時間が終わってほしくない。ずっとみんなで文劇祭の準備をしていたい。心の底からそう思っていた。

しかしある朝、大事件が起きた。いつものように教室に到着すると、朝早くから文劇祭の準備をしてくれている生徒たちが集まっていた。しかし、みんな手を止めて何かをずっと議論していた。イシカワが来たのに気づくとひとりの生徒が「これ……」と指をさした。するとそこには、残酷《ざんこく》な光景があった。大道具のセットがめちゃくちゃに壊されていたのである。このまえあんなに立派な存在感を発揮《はっき》してくれていたのに……セットの背景絵が書いてある模造紙《もぞうし》の部分がビリビリに引き裂かれていたり、木の枠組《わくぐ》みのところもビスが外されたりしていた。

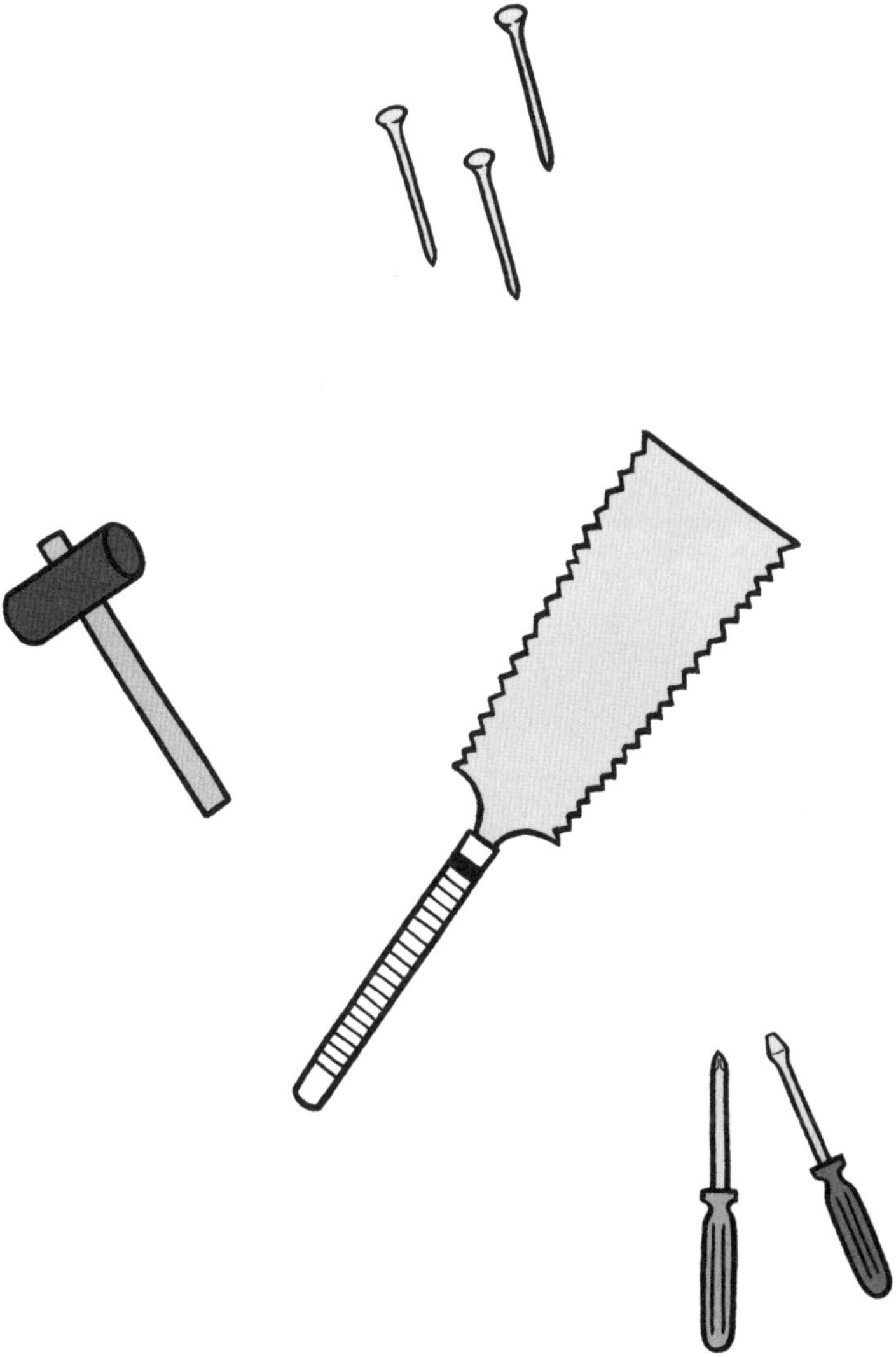

［第15話］

衝撃の事実

とにかく頭が真っ白になったが、なぜこんなことになったのか、その理由が誰にもわからないようだった。いわゆるパニック状態である。その後にモリキーもヤマイも来て、その惨状《さんじょう》を見た。モリキーは普段では絶対出さないような大声で「ゲー！」と叫んだ。よほどの衝撃だったのだろう。ヤマイはその場に立ち尽《つ》くし、ただただ絶句していた。遠いところを見つめているような目だった。

すぐに3人で緊急会議を開いた。まず犯人捜《さが》し。これを誰がやったのかということだが、考えなくてもすぐにわかった。おそらく黒川だろう。しかし黒川はこの大道具を作った張本人。いわば立役者《たてやくしゃ》だ。自分で作った作品を自分で壊す一流の陶芸家《とうげいか》のような動きを黒川がするのはまったく意味がわからない。とにかく黒川のこのあとのリアクションを見てみようという結論に至った。

少し遅れて黒川が教室に入ってきて後ろのセットを見た。イシカワたちはじっと黒川の一挙手一投足《いっきょしゅいっとうそく》に注目していた。黒川は「なんだよこれ、めちゃくちゃじゃねえか！」と怒ってはいたが、顔が少しニヤけているようにも見えた。それに怒っているのは演技がかっているようにも見えた。「イシカワ、これどうすんだよ。みんなにどう説明するんだよ！」と怒鳴《どな》ってきたが、何かを知っているような、そんなニュアンスが含まれている顔だ。なるほど、この責任をイシカワになすりつけて、劇を最初からめちゃくちゃにするのが狙いだったのか。

黒川が本当に被害者なら申し訳ないが、3人のなかで十中八九《じっちゅうはっく》、黒川が犯人だという結論になった。問い詰《つ》めるか迷ったが、「証拠《しょうこ》もないし、ここで黒川たちがやったとなんとなく決めつけるのはいちばんまずい。せっかく固まってきたクラスのチームワークも崩壊《ほうかい》しかねない」というヤマイの冷静なアドバイスでイシカワは踏みとどまった。こういうとき、ヤマイは頼りになる男だ。

しかし、モリキーはなんとか黒川がやった証拠を突き止めようと、ひとりで画策《かくさく》をしていた。黒川たちはおそらくみんなが帰った放課後に教室に忍び込んで道具を壊したし、今日も続くだろう。ならばとそれを逆手《さかて》に取ったある作戦を思いついたようだ。

実はモリキーには、今日も犯人はこの教室に現れる自信があったのだ。なぜならセットには反転《はんてん》して使うもう1枚の模造紙、そして桃や刀や大事な手作りの小道具もまだ残っていたからだ。確実にコントを潰《つぶ》したいのなら、また壊しにくるはずだ。

そのときに備えて、モリキーはある仕掛けをした。セットや小道具は教室の後ろに収納《しゅうのう》しているのだが、モリキーの席にひっかけている体育館シューズの袋にビデオカメラを入れて、カメラのレンズが外に出るように上手いこと袋に穴を開けて、セットのほうだけを映せるようにしたのである。そう、即席《そくせき》の監視《かんし》カメラを作ったのだ。モリキーのお兄さんはメディア編集の仕事をしており、モリキーには悪《あく》を懲《こ》らしめるための知識やノウハウが昔からごまんとある。

かくして、モリキーVS夜のセット壊し犯の捕物帳《とりものちょう》が始まった。イシカワはそんなモリキーの仕掛けのことは何も知らず、次の朝学校に行くと、残りのセットも、小道具もめちゃくちゃにされていた。

イシカワは絶望したが、モリキーが興奮していることにすぐ気づいた。モリキーはイシカワにそのわけをすべて話した。「このカメラに犯人が映っている」と。イシカワは目を丸くしたがとりあえず見てみることにした。恐る恐るそのカメラを再生すると、最初は真っ暗な教室の映像が続いた。しかし、モリキーが早送りにして映像を進めていくと、ひとりの男子がセットに近寄ってきた。

モリキーもイシカワもすぐに「やっぱり黒川だった」と確信を得た。しかし、後ろ姿でまだよく見えない。もっとハッキリと顔が見たい。なんとなくセットが壊されている映像が続いて、さらに早送りをすると、犯人の顔が克明《こくめい》に映し出されている場面が来た。月明《つきあ》かりに照《て》らされて、完全にその顔が映った。

「止《と》めて」とイシカワがモリキーに言うと、2人はその顔が誰なのかをしっかり確認した。そこに映っていたのはなんとヤマイだった。

2人はあまりの衝撃に絶句《ぜっく》した。

［第16話］

黒川とヤマイ

イシカワとモリキーは、しばらく黙ったままカメラから目を離せなかった。確実に黒川だと思い込んで隠し撮《ど》りをした犯人が信頼していたヤマイだったからだ。

嘘だろ。もう一度見てみようと巻き戻して確認をした。やっぱり明らかにヤマイがやっていた。なんだ、これはどういうことなんだ。なぜイシカワとオアシスで最初に出会い、イシカワを支えてくれた唯一の友達のヤマイが文劇祭のセットをめちゃくちゃに？　イシカワとモリキーの頭のなかはハテナだらけだった。

それも無理はない。2人はヤマイの過去を知らなかったのだ。ひいては黒川とヤマイの関係性を知らなかったのだ。

これはイシカワが少しあとに知ることだが、ヤマイと黒川は実は地元が同じ幼なじみであった。昔から別に特段《とくだん》、仲良くはないが、両親同士の付き合いでよくお互いの家にご飯を食べにいったり、兄弟ひっくるめて遊んだりしていた。

ヤマイは子どもの頃から気が優しくおとなしい子だった。だから黒川とはどこかそりが合わず、黒川とふたりだけで遊んだりすることはいっさいなかった。むしろ黒川もヤマイのことを「暗いヤツ」と毛嫌いをしていた。しかし、両親は同《おな》い年《どし》の子どもがいるということで、その付き合いは中学生になっても続いた。

黒川の母親とヤマイの母親は一緒に行事に出かけたり、黒川とヤマイの弟が一緒に遊ぶなんてこともあった。この頃は別によくある普通の関係だったと言えるだろう。

しかし、2人が中学1年のときに、黒川の父親の仕事が上手くいかなくなり、父親は失業《しつぎょう》をした。それから毎晩飲んだくれて、家で暴力《ぼうりょく》を振るうようになった。

止めようとする母親と毎日喧嘩《けんか》が続き、黒川の弟は毎日泣き叫ぶ。黒川は好きだった部活のバスケも弟のことが心配で辞めざるを得《え》なくなった。それでも黒川はじっと耐えていた。いつか父親の仕事がまた上手くいき、平穏《へいおん》な暮らしが戻ってくる、と。

しかしその未来は来なかった。

ある日、ヤマイの母親が黒川の母親から「家で相談に乗ってほしい」と頼まれ、黒川の自宅に行った。それは「旦那《だんな》に暴力を受けている」という衝撃の告白であり、ヤマイの母親が「私が間《あいだ》に入って、直接言ってあげる」ことになった。

そして黒川の父親が帰ってきて、事情を聞いたこと、相談されたことを話すと、タガが外れたように、黒川の父親はまた黒川の母親に激しい暴力を浴びせた。「このまま
じゃ自分も危ない」と思ったヤマイの母親は警察《けいさつ》に通報《つうほう》してしまったのだ。

このことが近所でも噂となり、黒川自身もマンションにいづらくなってしまった。そしてそのことがきっかけとなり、黒川の父と母は離婚《りこん》してしまった。それからは学校にもいづらくなり、弟は引きこもりになってしまった。

2人は母親が引き取ったが、精神的に病《や》んでしまい、以前の母親ではなくなってしまった。父親の所在も不明になり、黒川に残ったのはヤマイ家《け》への憎しみだけだった。何も知らないヤマイにとっては黒川家の崩壊《ほうかい》はただ悲しい出来事だった。

しかしある日、黒川はヤマイを学校の放課後に呼び出すと、その事件のすべてを激しく怒りながらぶちまけた。

「ぜんぶお前の母親のせいだ。ぜんぶお前の家のせいで家が潰された。お前の家のせいで母親が死ぬかもしれない。弟が死ぬかもしれない。どう責任を取ってくれる、ど

う償《つぐな》ってくれる！」

気づけば、黒川は自身の父親のようにヤマイに暴言を吐きながら、とんでもない数の暴力を浴びせていた。その目は父親にそっくりだった。

ヤマイは、むせび泣いて謝罪《しゃざい》した。しかし、黒川からは「一生許すことはない。そしていつでもお前の家族をこの件で脅《おど》してやる」と恐喝《きょうかつ》された。大人なら「黒川の父親がしたことの責任《せきにん》をなぜヤマイに押しつけている？　そんな道理《どうり》がまかりとおるわけがないだろう」と思えるだろうが、子ども同士のそういう威圧《いあつ》・脅迫《きょうはく》はヤマイにとって呪《のろ》いのような怖さがあった。

そして、もともと気が強いとは言えないヤマイは、友達の家をめちゃくちゃに壊してしまったという罪悪感に苛《さいな》まれてしまった。それからは黒川にいっさい逆《さか》らえなくなってしまったし、黒川は人が変わったようにきつく人に当たるようになった。

そのときの憎しみが大きくなり、ホシノ高校に入りイシカワというターゲットを見つけると、自分の地位向上に利用していたのだ。

「いじめとはいじめられる側《がわ》にも原因はある」という話を聞くが、それはたしかにそのとおりかもしれない。しかし、圧倒的にいじめる側に原因があることはたしかである。いじめる人間には、いじめるなりの背景やつらい事情、家庭環境の変化などがあり、その後の人格に影響しているのだろう。なぜ黒川がこんなにイシカワをいじめるのか疑問に思った人もいると思う。それはつらい経験から来る孤独《こどく》や寂《さび》しさ、自分が経験した人が離れていく恐怖、すなわち弱さから来ているのだ。結局、いじめている人間は自分の弱さから逃れるために人をおとしめて安堵《あんど》しているのだ。だからいじめ問題は複雑であり、決してなくなることはないのだ。

だから今現在、もしいじめられているのならば、こう心に留《と》めておいてほしい。

「いじめている人間とはとてもかわいそうなのである。人をいじめてくる人間というのは、不幸で、自分にまったく満足していない状態であり、絶対にそんなヤツに人生を変えられてはいけない」

のちにイシカワは強くそう思った。

そして、ヤマイと黒川の主従関係は文劇祭をまえにしても続いていた。黒川はヤマイに脅しをかけ、イシカワの劇を潰すように働きかけた。

しかし、なぜか黒川の思惑《おもわく》に誤算《ごさん》が生《しょう》じるかのように、リレー選手を選ぶときの勇気ある行動をひとつのきっかけとして、ヤマイはイシカワとどんどん仲良くなりだした。ヤマイなりの黒川に対するささやかな反抗《はんこう》の意思なのか、イシカワへのいじめをなくそうと動いてきた。

そんな姿を見て、黒川はヤマイもいじめの対象に加えようとしたが、そこはヤマイとイシカワの友情を壊すほうが大きなショックを与えられると泳がせていたのである。かくして人の家族をめちゃくちゃにしてしまったというヤマイの罪悪感を利用し、今度は文劇祭のセットをめちゃくちゃにさせた。

そして、黒川の計画はさらに続く。

［第17話］

悲しみの『花より男子《だんご》』

いよいよ文劇祭の本番が迫ってきて、準備を着々《ちゃくちゃく》とみんなで進めていた。セット壊しの犯人は、皆でいったん忘れることにした。そうしなければセットの製作が間に合わないからだ。しかし、犯人を知っているイシカワとモリキーは平常心《へいじょうしん》を保《たも》とうとするのに必死だった。セリフ合わせの練習もオアシスなどでヤマイたち4人とやっていたのだが、ヤマイを誘《さそ》えなくなってしまっていた。

そんな空気を察《さっ》してかわからないが、ヤマイも家の事情を理由に、放課後あまり練習に来なくなった。その微妙《びみょう》な隙間《すきま》を見計《みはか》らったのか、黒川が動いた。いきなりイシカワに「夜の10時にコントのことや大道具のことで話があるので、恩智川《おんちがわ》の吉野家《よしのや》の裏に集合してくれ」と誘ってきたのである。

その吉野家の駐車場の裏は川に近く、ホシノ高校の生徒たちがよくたむろする場所だ。もちろん仲良く牛丼を食おうなどという誘いではない。なぜならわざわざ文劇祭とは関係のない場所に呼び出されたからだ。すぐにモリキーに相談したが、ヤマイは誘わずに2人で行くことになった。今、不安定な関係で自転車を一緒にこいだり、会話したりするのが、想像するだけでとても気まずいものだったからだ。イシカワとモリキーは夜に2人で自転車に乗って向かうことにした。

現場に着くと、嫌な予感は的中した。ドブ川の近くの暗い場所で、黒川軍団が全員揃っていた。そしてそこにはなんとヤマイの姿もあった。一瞬、なぜヤマイがいるのかわからなくて困惑《こんわく》した。すると、黒川が口を開き出した。

「セットを壊した犯罪者は見つかったか?」

イシカワとモリキーは目を合わせて、もちろん「知らない」と答えた。そこにヤマイがいるのだから、もちろん本当のことを話すことはできない。ましてや、ヤマイを売るようなことはできない。

そしてヤマイをあらためて見ると、何があったのかわからないが、おそらく泣きじゃくったあとであろう、疲弊《ひへい》しきった顔で震えていた。

黒川はそんなヤマイを嬉々《きき》として見つめながらこう言った。「俺は犯人を見つけた。犯人を教えてほしいか」。イシカワは「やめろ、やめてくれ!」と思いながら、何も言えなかった。

「犯人はヤマイだ。お前らの友達のヤマイが最初からめちゃくちゃにするために動いてたんだよ」

その瞬間、ヤマイが道路の砂利《じゃり》に顔をうずめて、「うわーっ!!」と聞いたことがない異常な声で泣き叫びだした。イシカワとモリキーは事実を知っていたが、黒川がなぜ知っていたのか、そして本当にヤマイがなぜこんなことをしたのか理解できずにただただ困惑していた。

すると、黒川軍団の小林が、イシカワの被っていたニット帽を急に取り上げ、「お前みたいな病気のハゲにコントなんか作れるわけがないんだよ」と言って、そのニット帽をドブ川に向かって全力で投げた。オカンが「ファイト」と刺繍を入れてくれたこの世でたったひとつのニット帽がドブ川に捨てられたのだ。

そのとき、イシカワは人生で初めてキレた。「ワーッ!」と大きな声をあげながら、小林に掴《つか》みかかった。しかし、喧嘩《けんか》をしたことがないイシカワはすぐに小林に頭を押

［第17話］

悲しみの『花より男子』

さえつけられて膝蹴《ひざげ》りを入れられた。それでもイシカワはヤマイがこんなことになったショック、そしてオカンが作ってくれたニット帽を川に投げられた怒りで、感情のままに暴れた。

しかし、黒川軍団の中村にも髪の毛を引っ張られ、2人がかりでもみくちゃにされ袋叩きにあった。黒川は相変わらず、泣き叫ぶヤマイを見て高笑いしていた。モリキーは警察を呼ぶか迷っていたが、携帯電話《けいたいでんわ》を握りしめたまま、恐怖のあまりフリーズしていた。

もう文劇祭はめちゃくちゃになる。リアル桃太郎は黒川の手によって永遠に葬《ほうむ》られる。すべてをあきらめかけたときに驚くことが起きた。何者かによって、小林がドブ川のへりにドーンと蹴り飛ばされたのだ。「誰が?」とイシカワもパニックになりながらその人物を見てみると、それは黒川軍団の篠原だった。

「なんで篠原が小林を思いっきり蹴ったんだ?」とイシカワは不思議がった。それは黒川とて同じで「何してんだよ、篠《しの》!」と問い詰めると、篠原は「こんなの聞いてない。今までもやりすぎだと思うことはあったが、こんなリンチみたいなことをしてたら退学になってしまう」と強く言い返した。礼儀《れいぎ》や上下関係に厳《きび》しい野球部に所属していることもあり、篠原はまえまえからこのグループのやり過ぎなところに嫌気がさしていたのだ。特に黒川の裏に隠れて、いじめを繰り返す小林と中村に腹が立っていたのだ。

小林は興奮しており、「何するんだよ！」と怒鳴ると、そこから篠原と殴り合い、つかみ合いに発展した。中村は焦って「お前らやめろ、おい、やめろ！」と叫んだが、収拾《しゅうしゅう》がつかない状態になった。それを見かねた黒川が、「おい、もういい。なんか白けた。帰るぞ」と言うと、小林と中村はバツが悪そうに黒川と一緒にこのカオスな場を後《あと》にした。

残されたその場には「はあ、はあ」と息遣《いきづか》いの音だけが響いた。しばらく誰も言葉を発せずにいたが、この沈黙を破るように篠原が「今まで悪かった」と、なんと謝罪してきた。

「イシカワが、明るくツッコんできたり、最初はお笑いのいじりの延長みたいだったのに、イシカワの頭がこんな病気みたいなことになると思わなかったし、こんな暴力を振るうヤツらだとは思わなかった。すまない」と正直に胸の内を教えてくれた。

イシカワも「いや、助けてくれてありがとう」と素直に感謝した。しかし、みんなはとにかくヤマイのことが心配だった。黒川が帰ったあとも、顔を砂利の地面にうずめたまま泣いている声だけが響いていたからだ。

イシカワがヤマイに近寄ろうとすると、篠原が「事情を説明させてくれ」と言い出した。「なぜこうなったのか。黒川がヤマイにしていたひどいことなども話す」と言ってくれた。そこで2人の幼少期から今に至る関係性や、家族間のトラブルも知った。モリキーとイシカワは「やはり理由《わけ》があったんだ」と少し安心した。

すると篠原の説明を遮《さえぎ》るようにヤマイが、顔をうずめたまま土下座の体勢《たいせい》に入り、「ごめん!」とむせび泣きながら謝罪してきた。その「ごめん!」の言葉は後悔と恐怖で震えていた。「俺、みんなを裏切った、とにかくみんなを裏切った。イシカワ、ごめん。俺、友達じゃなくなっちゃった、ごめん。ごめん、モリキー、こんな俺でごめん」。イシカワは泣いて謝るヤマイに駆け寄り、「お前がいてくれたから、俺はこんな頭でも今、学校に行けてるんや。友達じゃなくなったなんて、二度と言うな！」と言った。イシカワは泣いていた。初めて泣きながら友達に怒った。

モリキーもイシカワと同時にヤマイに駆け寄っていた。そして「ウワーッ!!」と泣くヤマイを2人で囲んで抱きしめた。1時間、2時間、いや、実際には5分ぐらいしか経っていないのだが、3人で抱き合っている時間はそれぐらい長く感じた。

3人とも少し落ち着くと、「泣きすぎや、ハハハ！」とお互いの顔を見て同時に笑った。するとそれを傍観《ぼうかん》していた篠原が「あ、帽子！」を思い出したように言った。イシカワは「あ！」と我に返り、「そういえば川に流された帽子はどうなった？」と上からドブ川を見渡すと、まだニット帽がプカプカと浮いて流れていた。ドブ川なのでまだ木とゴミの間に引っかかっていたのである。

イシカワはこのとき、ドラマの『花より男子』を思い出していた。井上真央《いのうえまお》演じる牧野《まきの》つくしのネックレスが、松本潤《まつもとじゅん》演じる道明寺司《どうみょうじつかさ》に川に投げられてしまう。しかし、つくしは川を流れるネックレスを走って追いかけて発見し、つくしが抱きしめると、その後、劇中歌《げきちゅうか》として宇多田《うただ》ヒカルの『Flavor Of Life《フレイバー オブ ライフ》』が流れる感動のシーンがある。同じようにニット帽が今、ゆっくり川を流れていこうとしている。イシカワとヤマイとモリキーと篠原は4人でドブ川に降りていき、『花より男子』みたいにニット帽を追いかけた。同じように、宇多田ヒカルの『Flavor Of Life』がイシカワの頭のなかで流れていた。

しかしここは東大阪のただの汚れた川。ブクブクとニット帽は無情にもゴミと一緒に沈《しず》んでいった。あぁ、あぁ……悲しそうに沈んでいく「ファイト」という刺繍が入ったニット帽を、4人は無の顔でぼうぜんと見送った。

〔第18話〕

文劇祭本番

イシカワはニット帽を新調して、いよいよ来週に迫る激戦《げきせん》に向けてラストスパートをかけていた。

ドブ川に沈んだニット帽だが、オカンにはなくしてしまったということにした。「ドブ川に捨てられた」など言えるはずもなかったからだ。

あの吉野家の裏で起こった事件以降、黒川は学校に来てもボーッとしており、軍団の空気もかなり悪いものになっていた。小林と中村は普通に話こそしていたが、篠原は完全に孤立していた。それも無理はない。軍団を裏切る形で小林を蹴り飛ばしたのだから。

しかし実際のところ、イシカワを助けたというよりは、野球部の一員である責任感、そして退学になったら困るという自己防衛《じこぼうえい》が動機《どうき》の大きな要因だったらしく、何日か経ってもイシカワたちと仲良くなるということにはならなかった。しかし、篠原のおかげで状況が一変したと言ってもいいだろう。

そして何よりヤマイと本気で話し合えた。詳しい事情はイシカワもモリキーも聞かなかった。そんなことはこの際、どうでもよかった。ヤマイとこの文劇祭を成功させたい。そしてヤマイもそう思っているはずだ。そのことが最も重要であり、それだけでよかったのだ。ただコモリさんはイシカワとヤマイの顔に傷痕《きずあと》があるので、「喧嘩《けんか》でもしたのかな?」と不思議そうに見ていた。

準備に遅れが出ていたぶん、どんどんシナリオを書き上げて、練習も詰《つ》めていった。大道具の背景もまえのような大がかりのものではないが、なんとか間に合い、あとは細かい各々《おのおの》のセリフ合わせと音響《おんきょう》のタイミングを合わせるだけだった。

オアシスでは、まずブランクができてしまったヤマイの個人練習。さらにイシカワ、モリキー、ヤマイ、そしてコモリさんの4人は、授業が始まるまえの早朝と、各々の部活が終わってから23時ぐらいまでずっと一緒に稽古《けいこ》をした。

この練習期間はコントの間やリズム、ボケ方《かた》の顔、仕草《しぐさ》、そしてナレーションのツッコミまで、細かいことをチェックするので、とても難航《なんこう》するし、こういう完成までの過程で、「あれ、ひょっとしたらあまり面白くないんじゃないか?」などの不安も出てくる。要は、物作りにおいて本来はいちばん苦しい時期である。しかし、イシカワはこの段階でも楽しくて楽しくて仕方がなかった。

イシカワにとって半年以上かかってやっと始まった高校生活のような気がして、とにかく毎日、みんなと汗をかいて、みんなで笑っている。何をするにもお腹《なか》を抱えて笑い、暗くなると月に向かって練習したりなんかもした。そのときの月はどんな満月《まんげつ》よりきれいに見えた。

高校生活で脱毛症になるぐらい追い詰められたけど、「顔を上げ続ければこんな景色を見ることができるんだ」とニヤけながら自転車を立ちこぎして帰った。

いじめを体験し、脱毛症になって、どん底に落ちたけど、こんな景色が待っているんだ。イシカワはコントが成功しようがしまいが、そんなことはもうどうでもよかった。このコントを作っている過程に何ものにも代《か》えがたい大きな幸せを見出《みいだ》したのだ。どん底まで落ちたら上がるしかない。

「いつか必ず笑える日が来るから」――歌の歌詞《かし》やドラマのなかのワンシーンだった

［第18話］

文劇祭本番

り、何も知らない周りの大人が言っていたのを、軽い言葉・きれいごとだと思っていた。けれど、本当にどん底から上がったほうが、何気ない幸せを感じることができたのは事実そうだった。

ウルフルズの『笑えれば』を以前は顔が少し引きつりながら強がりで歌っていたが、今は軽やかに笑顔で歌いながら通学していた。

オアシスで4人が熱い練習をして、その熱がクラスにも伝わっていった。大道具チームも小道具チームもみんな当日までに全力でセットや背景を仕上げてくれた。

イシカワが監督《かんとく》になって、クラス全体の最終リハーサルをもう一度通《とお》しでやってみた。多少セリフがたどたどしくても、モリキーの作った音とイシカワのツッコミの回収があるので、クラスのみんなは大きな手応《てごた》えを感じていた。しかもコモリさんみたいな女子も思い切ってボケてくれる。そういうギャップもいいアクセントになっていた。先生も大笑いしながら練習を見ていた。この雰囲気はいける！　賞を取れる！

しかしここでひとつ気がかりなことが起きた。黒川たちはあれからボーッと手伝いもせずに無気力だったが、そんな軍団のヤツらが「当日、照明を担当したい」と急に言い出したのだ。今までみんなの頑張りを見てきて自分たちだけ何もしてないのは恥ずかしいから、当日照明係をさせてほしいと申し出てきたのだ。

普通なら絶対にノーだ。今までさんざん妨害してきたヤツらを許してこの作品に携《たずさ》わらせたくない。実際、モリキーは「駄目だ、あいつらを信用できない。イシカワ、やめとこう」と言った。しかし、イシカワは黒川軍団を完全に仲間はずれにし、蚊帳《かや》の外《そと》にすることで優越感《ゆうえつかん》を味わってしまうのでは、あいつらと変わらないのではと思った。

今までやられたことを思い返すとはらわたは煮《に》え繰《く》り返《かえ》る。オカンを泣かされ、今なお皮膚科にずっと通わされている。でも黒川たちを文劇祭の作品に携わらせることで初めて「こいつらの嫌がらせを跳ね除《の》けた」と言えるのではないか。そう考えた。そしてOKした。当日の照明は黒川軍団に任せることになった。

そしてついに迎えた文劇祭当日。会場は満員。先生たちも楽しみにしており、保護者はもちろん他校からの生徒などお客さんがいっぱい来ていた。イシカワのクラスの劇は10番目だった。すべての出し物が1年2年3年を合わせて12個もあるので、午後の部でもかなり後半だった。お笑いの賞レースでも後半が有利と言われているし、フタを開けてみれば、ほかのクラスは人気ドラマのパロディー、シェイクスピアをそのまま再現、あるいはアニメをコントにしたりで、ガッツリ設定から入るようなオリジナルコントは題名を見渡す限りイシカワのクラスだけだった。

ゆえに、少し渋《しぶ》すぎるかもしれない……そんな不安はあったが、泣いても笑っても、本番まであと1時間。みんなで最後のクラス練習をしていた。照明係をやりたがった黒川、小林、中村もきちんと練習には出てくれていたので安心していた。モリキーの音響のチェック、演者たちのコントのボケ方《かた》、イシカワがナレーションでツッコんでいく間《ま》などを最終調整した。

そしてついに本番。幕《まく》の後ろで円陣《えんじん》を組む雰囲気だった。が、イシカワはクラスメイトたちにまだトラウマがあったので躊躇《ちゅうちょ》していた。しかし、ヤマイとコモリさんが

「イシカワを囲んで」と円陣を作るように皆を促《うなが》した。

ひとこと何かを言う空気だ。イシカワは5秒みんなを見つめたあと、ちらっと黒川軍団も見つめて「優勝しよう」これだけを言い放った。

開演ブザーが鳴り、幕が上がる。

最初のシーンはまず桃が流れてくるシーンだ。イシカワのナレーションが会場にしっかりと響き渡る。

（おばあさんは大きな桃をうちに持ち帰り、包丁で桃を切ろうとしました）

おばあさん役のコモリさんは桃を横に切り出す。

（死んじゃう。その切り方、桃太郎が死んじゃう。やめて、おばあさんやめて！）

最初のボケとツッコミが発射された。会場はというと、ザワーっといい感じにウケ始めた。掴みとしては上々《じょうじょう》の滑《すべ》り出しだ。そこから桃太郎が生まれ、おじいさんが帰ってくる。このヤマイ扮《ふん》するおじいさんがコントの軸となるボケを担《にな》っている。

おばあさんが桃太郎をおじいさんに見せると、「桃から生まれた？　へ～、それで本当は？」と言う。おばあさんは「いや、桃から本当に……」と答えるが、「いや信じられんわな。おまえ、ボケ始めてんのか。隠し子かなんかやろう。この歳で子どもを産むとはなあ」とおじいさんは返す。

桃太郎が桃から生まれたことを絶対に認めないというこのコントの根底《こんてい》となる設定だが、ドカーンと会場がウケた。ナレーションのイシカワも（いやいや、じいさん。本当なんですよ）と説得に入る。すると、ソデからイヌ、サル、キジが出てきて、「桃から生まれてきたのを僕たちも見てますよ。本当です」と口を揃《そろ》える。

（いや、まだまだまだ。出てきたらあかん！）

このナレーションツッコミもボカボカとウケた。しかも少しお客さんがザワザワしているようだ。どうやら一連のボケに対して、ナレーションで回収していくこのコントが、学生のレベルを超越《ちょうえつ》していて、皆驚いたのであった。

イシカワの抜けた髪が、メダルゲームで大当たりしてどんどん返ってくるかのようにドカーンドカーンとウケ出した。あまり期待していなかった高校1年生のコントがあまりにも強気な設定だったので、保護者席に座った親たちがドカドカ笑っていたのだ。「こんなコントを文劇祭でするのか！」。1年生の劇ということでハードルが下がりきっているところに、ノーガードで放《はな》つパンチがすべて入っていく気持ちよさがあった。

そして、音響の魔術師・モリキーも躍動《やくどう》した。モリキーが用意した聞いたことのない民族音楽に桃太郎がむじゃきにはしゃぐと、（この曲だけなんで桃太郎、喜ぶねん！）というナレーションを入れる。さらに土砂降《どしゃぶ》りと雷の音には、（大事な話をしてるときだけさっきから天気悪いんじゃ！）とツッコむなど、モリキーの音響とイシカワのナレーションとの掛《か》け合《あ》いもすべて観客に大ハマリした。

そこからどんどん小《こ》ボケも放《はな》たれていく。

イヌの犬種《けんしゅ》がドーベルマンということがわかる。

（いや、警察犬《けいさつけん》でしか見たことない。鬼退治に向きすぎてるやろ！）

照明が暗くなり、セットを転換《てんかん》するが、さっきとまったく景色が変わっていない。

（なんの時間やってんねん。セット裏側もまったく一緒やないか！）

キジが鳥目《とりめ》なのでよく見えない。

（そんな細かい設定いらんねん！）

きびだんごにプラスチックが入っている。

（異物混入《いぶつこんにゅう》で揉《も》めへんねん！）

キジが鳥肌《とりはだ》なのですごい怖がる。

（そんなリアリティいらんねん！）

随所《ずいしょ》にちりばめたボケの手数《てかず》に、会場もさらに飲み込まれていった。

クラスのみんなも、ソデにはけるときに「やばい、これやばい。イシカワ、天才や！1年が優勝するかもよ」など口々《くちぐち》に言いながら笑顔と興奮が隠せない。その勢いに乗ってコントはどんどん進んでいった。しかし、そんなクラスの一体感をよそに、違う笑い方をしている3人がいた。黒川軍団だった。こいつらはやはり最後の最後までイシカワがこのクラスで上手くいくことを望んではいなかった。

黒川が照明係をやりたかった理由、それは台本と違うタイミングで赤色の照明を急につけて、舞台上を真っ赤にしてイシカワたちをパニックにするという子どもじみた計画だった。照明には赤と青と緑に変えられるような照明のフィルムがついていた。なんの前触《まえぶ》れもなくコントのなかでその色を変えると全員が動けなくなり事故になる。やっていることはボタンひとつだが、コント全体の流れを考えたら、とんでもない致《ち》命傷《めいしょう》につながってしまう行動なのだ。

コントはどんどん中盤《ちゅうばん》に向かって進んでいった。黒川は会場がウケればウケるほど、それに比例するかのようにコントをぶち壊しにするのが楽しみになっていった。

そして、いよいよじいさんとばあさんが大喧嘩《おおげんか》をするという大事なシーンに差し迫ったところで、黒川が小林にアゴで合図をすると、赤い照明のスイッチが押され、舞台は急に真っ赤に染まった。

「――?」

クラスのみんな、お客さんの空気までが固まった。10秒ぐらいの静寂が体育館を包

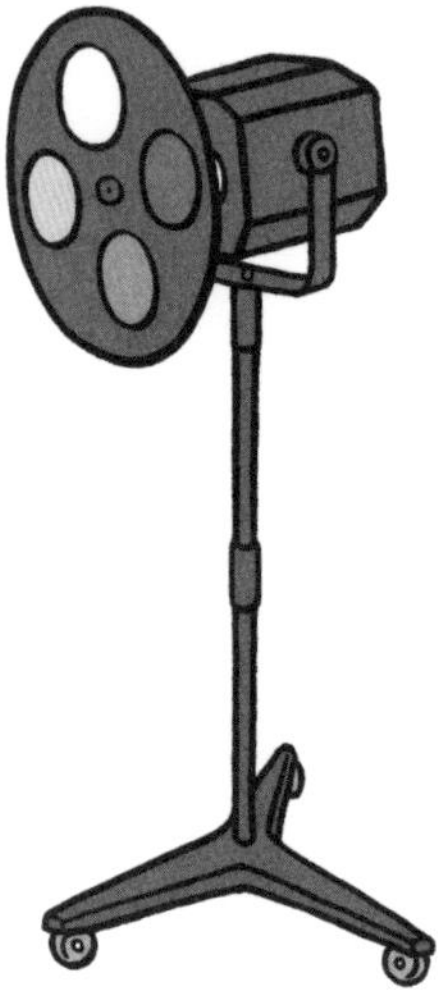

み込んだ。「これはミスだな。終わった……」。会場にいた誰もがそう思った。しかし次の瞬間、とてもムーディーでセクシーな曲が流れた。ザ・ドリフターズの加《か》トちゃんが「ちょっとだけよ〜」と言い出しそうなムーディーでセクシーな曲。するとイシカワが渾身《こんしん》のナレーションで（いや、エロいの始まるか！）と言うと、またザワーっとウケ出した。

（あと、エロい照明にしては赤すぎる。ピンクとか用意できへんかったんか！）

そう言うと、さらにドカンとウケた。それに合わせて、音に乗りながらおじいさんとおばあさんが踊り出して、（何してんねん！）とイシカワがツッコむと、ボカーンと今日イチの大爆笑が起こった！

逆に今度は黒川軍団が何が起こったのかわからず固まっていた。実はこの奇跡的《きせきてき》なアドリブには理由があったのだ。時は3日前の放課後までにさかのぼる。イシカワとヤマイとモリキーは、オアシスにて3人で追い込みの練習をしていた。念には念を入れてこの日も夜までやっていた。

そこにコモリさんがやってきて、「文劇祭のことでひとつだけどうしても不安な要素があるの」と言い出したのだ。それはコモリさんと同じバスケ部所属で、そこまで仲は良くないタカハラさんという女子が黒川の彼女の友達で、「文劇祭でパニックを見せてやる」と、黒川が彼女に自慢げに話していた——という事実をコモリさんがタカハラさんから聞いた内容だった。

やはり照明係に急に立候補というのはおかしいと思っていたが不安は的中した。次の日、タカハラさんに会いにいき、コモリさんとイシカワとヤマイとモリキーが丁重《ていちょう》な態度で、黒川がなんと言っていたか、より詳しい情報を聞き出すことに成功した。タカハラさんも黒川の嫌なところが見えてもう距離《きょり》を空《あ》けようと決意したところだったようで、二重《にじゅう》スパイのようなことはしていなかった。

かくして、黒川軍団が急に照明の色を変えてくることを予測できていたのだった。ヤツらの行動に合わせて、赤い色ならモリキーがどんな場面でもセクシーな曲をかける。もちろんイシカワがそれにナレーションでツッコむ。青い色なら悲しい曲に、(いつブルーな気持ちになってんねん！）とツッコみ、緑の色なら歌手のGReeeeN《グリーン》の曲に、（グリーンの照明でGReeeeNかけんでいいねん。急になんやねん！）とツッコむ。あとは何が起きても（照明と音響が遊びすぎや。仕事放棄《ほうき》すんな！）など、いつでも使えそうな音響やツッコミのフレーズを何パターンもイシカワたちは用意をして、黒川の最後の嫌がらせをボケに活《い》かそうと考えていたのであった。

そして、時は文劇祭当日に戻る。黒川は照明を赤にしたままでもウケ続けているので、急に焦って今度は青くしたが、それも音とツッコミのコンボできれいにウケてしまう。緑にしてもすぐにGReeeeNの曲がかかり、（照明がグリーンで音もGReeeeNいらねん！）という準備万全《ばんぜん》のフレーズで、会場は沸《わ》きに沸いてしまった。（音響と照明が仕事を放棄《ほうき》すんな！）というフレーズもめちゃくちゃウケた。そうこうしている間に、黒川軍団の3人は篠原と何人かの男子から「照明を替われ！」と言われ舞台裏から追い出された。

あとで聞いた話だが、このとき「あいつらバケモンや……」と弱々《よわよわ》しく黒川がつぶやいていたらしい。こうなるとコントはもう止められない。ノリにノッたコントに会場のウケはどんどん加速し、会場のお客さんは驚きが入り混じった笑い方を、そしてホシノ高校の3年のなかには嫉妬《しっと》の混じったような笑い方をしている者もいた。

担任の荒川先生も最初こそ笑っていたが、イシカワを見ながら、「お前、よかったな。すごいぞ、よくやった。三者面談からよくここまで来た」と言っているような潤《うる》んだ目をしていた。そして何より嬉しかったのが、オカンと妹2人が客席で大笑いしていたこと。でも、オカンはよく見ると笑いながら泣いており、本当に心配をかけていたんだなと思った。妹たちも少し安心したのか、泣いているオカンを見て泣いていた。

「なんだこのクラスは！　見たことがない出し物《だもの》だ！」

そんな感じのリアクションが体育館全体に広がっていった。舞台の後ろからナレーションでツッコミを入れるたびに、笑いが起きるたびに、イシカワも少し泣いていた。モリキーも音を出しながらイシカワの顔を見て泣いていた。親に皮膚の薬を塗ってもらいながら抜けた髪の毛を見つめていたあの頃に、こんな日が来るなんて夢にも思わなかった。

そして、ヤマイもコモリさんも警察に連れていかれる最後のボケが終わった。桃が流れてきて、そのなかからおじいさんとおばあさんが犯した罪が書かれた長い紙がエンドロールのようにどんどんどん流れていった。

勝手に桃を拾った罪。桃を切ろうとしたときに使った包丁が銃刀法違反《じゅうとうほういはん》にあたるなど、どんどんフリップ芸のように生徒が引っ張ると出てくる。

最後は本当に体育館が割れるようにウケた。舞台上ではヤマイとコモリさんが役を演じながらとても嬉しそうに笑みをこぼしていた。他校の生徒も保護者たちも全員立ち上がって拍手をしている。この高校の文劇祭はレベルが高いが、そのなかでもかなりの盛り上がりを見せた。

イシカワが（ありがとうございました！）と最後のナレーションで締めくくると、今日いちばんの拍手が1年8組のみんなに降《ふ》り注《そそ》いだ。

こうして、イシカワの人生を変えたコントが今、幕を閉じた。

〔最終話〕

コントで
青春を取り返した

幕が下《お》りると、みんなで叫んだ。「やったー！」。ふだんは大きな声を出さないヤマイも少しクールなコモリさんも叫んだ。そして舞台ソデの階段のところに、イシカワ、モリキー、ヤマイ、コモリさんが集合して、みんなで抱き合った。

とにかく終わった。やりきった。成功したとか、優勝とかはあとからの話で、今はとにかくやりきったことをみんなで分かち合ったのだった。

そこからみんなでクラスに帰ると、「あそこはあれがよかった」「ここはすごかった」など全員で褒《ほ》め合うボーナスタイムみたいな時間が始まった。

みんなはまだ興奮していた。オリジナルの出し物で大きな盛り上がりを見せられるか、心のどこかでずっと不安だったからだ。その不安や緊張からすべて解き放たれて、みんなすごく幸せそうな顔をしていた。

そして、イシカワはその景色を眺《なが》めているだけで満足だった。その輪の中心にいるわけでもなく、自分が作ったコントでみんながひとつになっている――その事実をしっかり目に焼きつけていた。

とても幸せなひとときだった。黒川軍団がコントをジャマしにやってきたことなど誰も口にしていなかった。実際、黒川たちもこんなに盛り上がった場所にはいられずに教室の外に出て行ったたし、そんなことはもうどうでもよかった。

そして、すべてのクラスの出し物が終わり、表彰式《ひょうしょうしき》へ。賞を授与《じゅよ》されるいちばん大事な式典《しきてん》だ。全校生徒が体育館に集まり、敢闘賞《かんとうしょう》、優秀作品賞《ゆうしゅうさくひん》、最《さい》優秀作品賞の順番に発表される。選ばれたクラスからひとりずつ代表者が出てきて、スタンドマイクの前で軽いコメントを言って表彰状をもらう段取《だんど》りだ。そういう流れになっているので、ものすごい緊張感と熱気《ねっき》が体育館に蔓延《まんえん》している。

「まずは敢闘賞の発表です。3年――」

と、発表をする校長は少し溜《た》めている。

「ああ、この時点で違う……」。1年生が賞を取れるとしたら最有力はここだったのに、ヤバいとイシカワは思った。

「3年――4組！」。校長が発表した。「ワー！」という歓声《かんせい》が起こると、代表者がスピーチをして、そのクラスから声援が送られ、大盛り上がりをした。3年4組はディズニーの作品をパロディーでやっていた組だった。こういうポップでわかりやすいクラスが賞をもらいだしたら、うちはますますヤバいなとイシカワは焦った。

続いて優秀作品賞。取るならあとはここしかない。ここで呼ばれなければ本当にまずい。1年というハンデを考えると、絶対にここで呼ばれなければならない。校長は息を吸って発表した。「2年――5組！」。「あ～」という呻《うめ》き声と、「わー！」という歓喜《かんき》の声が交互《こうご》に入り混じっていた。

やばい。とうとうあとひと組だ。心臓《しんぞう》が張《は》り裂《さ》けそうになった。そのときの景色はすべてスローモーションに思えた。「最後に今年の文劇祭のチャンピオン、最優秀作品賞が決まります」と校長先生が言った。イシカワは祈《いの》った。モリキーもヤマイもコモリさんもみんな目をつむって祈った。

「栄《は》えある最優秀作品賞は――――1年8組！　なんと1年生です！」

体育館がどよめいた。この体育館が創設《そうせつ》されて以来、いちばんでかいんじゃないかというどよめきと興奮の声が響《ひび》いた。そして1年8組のみんなは驚きのあまり、1秒フリーズしたのち、信じられないぐらいに叫んだ。

「ワーッ!!」とモリキーとヤマイはイシカワに抱きついた。コモリさんはイシカワと熱いハイタッチを交わした。

「やった、イシカワのコントで優勝した。優勝したよ、すごい！」

あのクールなコモリさんも興奮して、そう叫んでいた。

イシカワもすごいと言いながら、みんなと抱き合った。しかし、壇上《だんじょう》に上がる人間をそういえば選んでいなかった。しかし、クラスのみんなの気持ちは決まっていた。全員がイシカワを優しい目で見つめていた。ヤマイが「行け、行ってこい！」と涙をこらえながらイシカワの背中を押した。イシカワは壇上に上がると、スタンドマイクの前に立った。全校生徒が自分を見ている。

頭の毛が病気で抜け落ち、いじめられているという噂が学校中に広がり、とんでもなく浮いてしまったあのときに向けられた視線とはまた違った目だった。温かい、そして認めてくれるような、そんな眼差《まなざ》しだった。

イシカワは何を言うか考えていなくて、言葉に詰まったが、気づけば感情のままに、心が本音《ほんね》を後押《あとお》しするかのように話し出していた。

「1年8組のイシカワセイヤです。僕はみんなのおかげでここに立てています。最初は上手くいかない、地獄のような学校生活でもあったんですけど、こんな賞をもらって人前《ひとまえ》に出られるとは思っていませんでした。皆さん、見たことあると思いますけど、ボクがニット帽を被っているのも、病気で髪の毛が抜けているからです。ギリギリでした。でも僕はみんなと一生忘れられないコントができました。すごくつらかったぶん、今すごく幸せです」

そう言うと、全校生徒から破裂音《はれつおん》のような拍手喝采《はくしゅかっさい》が送られた。「おめでとう！」と全校生徒が一斉に叫んだような大きな歓声だ。

壇上から見たあの景色は、イシカワが何歳になっても、大人になっても、忘れられない出来事になった。そして表彰式が終わるとそのまま4人でオアシスへと向かった。

4人でこそ言い合える感想や、コントの過程で「あれがヤバかった」など、やっと落ち着いて打ち上げが始まった。

食堂の横にある1軍たちが使っていそうな自動販売機で、普段はなかなか飲まないカルピスソーダを4人で買って乾杯《かんぱい》した。そのカルピスソーダは、今まで飲んだ飲み物でいちばんうまかった。

そのときの4人の笑顔は凄《すさ》まじかった。黒川の最後の嫌がらせをモリキーの音響で上手く切り抜けたことや、イシカワのスピーチのこと、ヤマイが途中ものすごく葛藤《かっとう》していたこと、コモリさんの思い切ったボケのこと、篠原は実は案外いいヤツだと思うなど、今までの努力や苦労のすべてを打ち上げで話すことによって、心に溜《た》まっていた嫌な感情がすべて溶《と》けていったからだ。

そんな楽しそうに話している3人を見ながら、「ああ、こういう景色は死ぬまで忘れないんだろう。これが青春じゃなくて、何が青春だ」とイシカワは思った。

頭のなかでは、ウルフルズの『笑えれば』がエンディング曲のように流れていた。

「とにかく笑えれば、最後に笑えれば」

これが人生の真理《しんり》のようにも思えた。

黒川にいじめられて、最初はコントで打開《だかい》し、復讐《ふくしゅう》しようと思っていたが、そんな気持ちはそういえばこの劇に熱中するうちに消えていた。黒川をぎゃふんと言わすことなどどうでもよくて、自分のことを好きでいてくれる人たちと自分の好きなもの、それだけを大事にすることがいちばんの復讐になるんだとイシカワは悟《さと》った。

それから、2年3年の文劇祭でもイシカワはオリジナルの劇を作り続けた。そして、すべての劇で賞を取ることになる。

あの日以来、イシカワの机がひっくり返されることはなくなった。そしてイシカワの机には多くの大切な人たちが集まるようになった。イシカワはついに本当のオアシスを見つけたのだった。

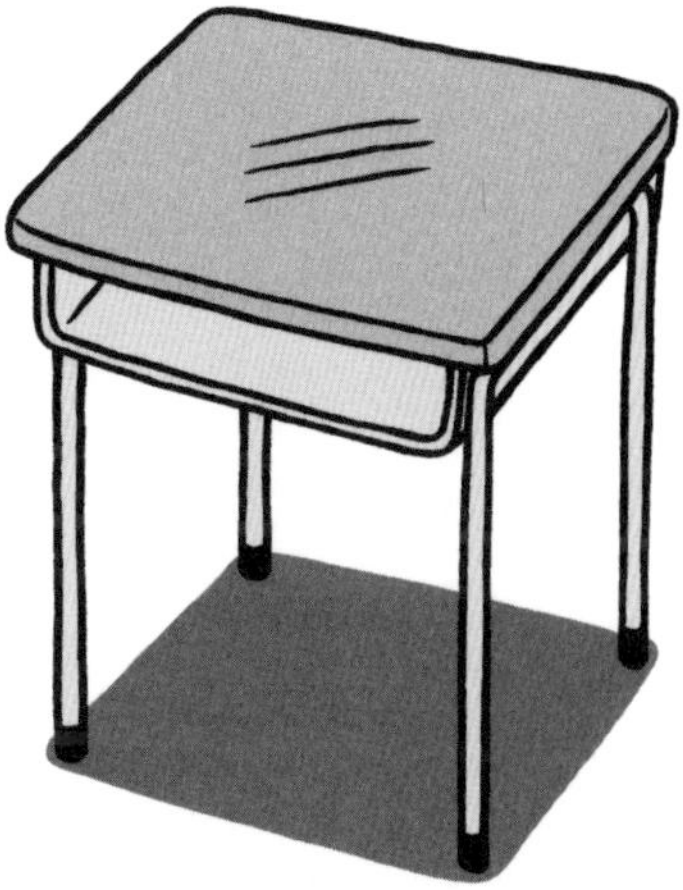

〔最終話〕

コントで青春を取り返した

エピローグ

ドラマや映画のように、いじめみたいなものはきれいになくなるわけではない。実際、イシカワにとって、あの思い出はつらく苦しく、今でも思い出すことがある。おそらく一生残る傷であると思う。

一度そういう経験をした人は、似たようなシチュエーションに遭遇《そうぐう》すると、ふとした瞬間にフラッシュバックして、「あのときやり返していたら。あのとき逃げていたら」などと今でも思うだろう。

でもそれも自分の人生。いいほうに考えるしかない。「いじめられてラッキー」ぐらいに思えれば何も怖くないのかもしれない。

いじめられた。弱い人間にされた。だから優しくなれた。優しくできる。自分と同じ傷を負っている人に寄り添うことができる。小さな幸せを感じ、積み上げていける。

そんなふうに考えてみてはどうだろうか。どん底《ぞこ》から這《は》い上がった人のほうが絶対に強い。イシカワは実体験を通して、確信した。

なぜ生きているのか、迷っている人もいると思う。自分はなんのために生まれてきたのか？　なぜもっと上手く生きられないのか？　イシカワもそんなひとりだった。

でも、妹が姪《めい》っ子《こ》を出産したときに思った。人間は生まれたときに家族や周りの人を必ず笑顔にしている。幸せな気持ちにしている瞬間がある。みんな忘れているだけで赤ちゃんのときに、みんなを笑顔にして生まれてきている。おそらくそれだけで十分使命を果たしているのだ。

思い切った考えかもしれないが、ずばり、生きている意味なんてない。

昔、みんなを喜ばせて生まれたときに使命は終わっている。そこからボーナスで人生を生きているだけ。みんなを幸せにしたご褒美《ほうび》で生きているだけなんだ。だから考えすぎず、ひとりひとりのご褒美の人生を過ごそう。

イシカワは「この学生時代の経験をいつか本にしたい。文字に書いて本にして出したい」そう思っていた。同じような境遇《きょうぐう》の人たちに、ひとりでも多くの人たちにこの経験を話したい。

そして今、2024年。32歳になったイシカワはこの本をあなたに読んでもらっている。そして、僕は大好きな人たちに囲まれて生きている。

石川《いしかわ》 晟也《せいや》

せいや

(霜降《しもふ》り明星《みょうじょう》)

1992年9月13日生まれ。大阪府出身。2013年1月に粗品《そしな》と霜降り明星を結成し、ボケを担当する。2017年『第38回ABCお笑いグランプリ』優勝。2018年に『R-1ぐらんぷり2018』史上初のコンビ揃っての決勝出場という快挙を果たす。同年末に行われた『M-1グランプリ2018』では番組史上最年少で優勝を獲得。一躍、お茶の間の人気者となる。その後、『霜降り明星のオールナイトニッポン』(ニッポン放送)、『新しいカギ』(フジテレビ)などのレギュラー出演、『テセウスの船』(TBS)などのドラマ出演、YouTubeチャンネル『しもふりチューブ』『霜降り明星せいやのイニミニチャンネル』の開設など、その活動の幅を広げている。本書の執筆で「学生時代の経験をいつか本にしたい。文字に書いて本にして出したい」という夢も叶えた。

人生を変えたコント

著者　せいや（霜降り明星）

2024年12月10日　初版発行
2025年 1 月25日　４版発行

装丁	森田 直（FROG KING STUDIO）
イラスト	金井 淳
校正	玄冬書林
制作	早坂 晃（吉本興業株式会社） 小林立実（吉本興業株式会社） 磯部 恋（吉本興業株式会社） 太田青里（吉本興業株式会社）
協力	石井佳誉
編集	岩尾雅彦、中野賢也（ワニブックス）
発行者	髙橋明男
発行所	株式会社ワニブックス 〒150-8482 東京都渋谷区恵比寿4-4-9えびす大黒ビル ワニブックスHP　http://www.wani.co.jp/ （お問い合わせはメールで受け付けております。 HPより「お問い合わせ」へお進みください） ※内容によりましてはお答えできない場合がございます。
印刷所	大日本印刷株式会社
DTP	株式会社 三協美術
製本所	ナショナル製本

定価はカバーに表示してあります。

本書は著者の体験をもとにした半自伝小説ですが、実在の人物・団体・出来事などとはいっさい関係ありません。

JASRAC 出2408015-401

ISBN 978-4-8470-7418-9